異世界でカフェを開店しました。13

甘沢林檎

Ringo Amasawa

Regina

RB

レジーナ文庫

登場人物紹介
バジル
緑の精霊。
リサの料理が大好きで
よく味見している。
好きな食べ物：卵焼き
ハウル
リサの教え子。
学院の料理科を卒業し、
夢だった王宮の厨房に
就職したのだけれど……？
好きな食べ物：パイ
リサ（黒《くろ》川《かわ》理《り》沙《さ》）
料理好きの元OL。
カフェの店長をしつつ
学院で料理を教えている。
出産を控えているため
仕事は一時お休み中。
好きな食べ物：和食

ヴェルノ
オリヴィアの息子。
無邪気な性格で
キースを慕っている。
好きな食べ物：野菜オムレツ
オリヴィア
カフェの接客担当。
夫を亡くして以来、
一人で子育てしてきた。
好きな食べ物：肉じゃが
キース
王宮の元副料理長。
リサやジークと同じく
料理科で講師をしている。
好きな食べ物：唐揚げ
ジーク
リサの夫で
カフェの副店長。
妊娠中もアクティブな
リサを心配している。
好きな食べ物：
プリン
ギルフォード
リサの養父。
王宮の魔術師長で
精霊を見ることができる。
好きな食べ物：シチュー
アナスタシア
リサの養母。
人気ブランドの
デザイナーでもある。
好きな食べ物：
カルボナーラ

目次

異世界でカフェを開店しました。13

プロローグ

鍋の中身がぐつぐつ煮え、フライパンからはジュージューと焼ける音がする。包丁がリズムよく奏《かな》でる音に合いの手を入れるかのように、ボウルの中で泡立て器がテンポよく音を刻む。

そんな中――

「こっちもやってくれ！」

「おい、これどうなってんだ！」

怒鳴り声にも近い、男たちの声が飛び交う。

ここは王宮にある厨房《ちゅうぼう》。食事の数時間前からはじまる調理は、佳境を迎えていた。王宮に関わる人間すべての食事を作っているため、その数は百食以上。

大きな会議や催《もよお》しがある時は、その数倍を用意しなければならないこともざらだ。

そんな厨房《ちゅうぼう》の中を、真新しいコック服に身を包んだ青年が足早に移動する。

彼はハウル・シュスト。

この秋から王宮の厨房《ちゅうぼう》で働きはじめた新米料理人だ。

「ハウル、こっち手伝ってくれ！」

「はい！」

前菜の下ごしらえが終わり、それを担当者に届けたところで、今度はスープの担当者から声をかけられる。まだ新人のハウルはそうやって、いろんな部門の間を行き来していた。

やがて嵐のような時間が過ぎ去り、料理人たちは次の調理がはじまるまでの間、休憩を取る。

厨房《ちゅうぼう》から料理人たちが出ていく中、ハウルだけが一人残っていた。

「はぁ……」

ハウルは深い深いため息を吐《つ》く。

このため息は疲労のせいもあるが、それだけが理由じゃない。

さっきまで賑《にぎ》やかにいろんな音が響いていた厨房《ちゅうぼう》は、しんとしている。

「はぁ……」

もう一度こぼれたハウルのため息が、広い厨房《ちゅうぼう》の中にとても大きく響いた。

第一章　お腹が大きくなりました。

「よいしょ」

椅子から立ち上がる拍子に漏れた言葉に、彼女はハッとした。最近、動く時についつい『よいしょ』と言ってしまう。

その理由である大きなお腹を、彼女は自然と手で撫でた。

ここフェリフォミア王国では珍しい黒髪を持つ彼女の名前は、リサ・クロカワ・クロード。

元々この世界の住人ではなく、異世界からやってきた。しかし、現在は王都にある人気店カフェ・おむすびのオーナー兼店長であり、フェリフォミア国立総合魔術学院に設立された料理科の主任講師でもあった。

ただ、それらの仕事は一時的にお休みしている。

なぜならリサのお腹には新たな命が宿っているからだ。

最近、お腹はさらに大きく、そして重くなってきた。そのため、先程のようなかけ声を自然と出してしまう。

「リサ、そろそろ行ってくる」

部屋の外から顔を出した男性が、そう声をかけてきた。

銀髪に青い瞳の、容姿が整った彼はジーク・ブラウン・クロード。リサの夫であり、今は彼女に代わってカフェ・おむすびの臨時店長をしている。

「玄関までお見送りするね」

彼を見送るために、リサは大きいお腹を気遣いながら立ち上がったのだ。

「外は寒いからここでいいよ」

「大丈夫！　さっきメリルにストール出してもらったから！」

ほらと言って、リサは持っていた大判のストールを体に巻きつける。これは先程、リサ付きのメイドであるメリルが用意してくれたものだ。

ここ数日は一段と寒くなった。冬本番に向けて、冷たい風が吹きはじめている。

「それに家の中でくらい運動しないと」

カフェと料理科の仕事をお休みしている今は、きっかけがなければ体を動かすことがない。玄関まではそう遠い距離ではないけれど、せめてそれくらいは歩きたいと思っていた。

「わかったよ」

ジークはやれやれと言わんばかりだが、エスコートしてくれるのだろう。リサに手を差し出してくれた。

手を重ねると、彼の体温が伝わってくる。骨張っていて大きな彼の手にすっぽりと包まれた。

そのまま手を引かれ、リサは玄関へ移動する。

玄関ホールにやってくると、ジークはドアを背にしてリサに向き直った。

「それじゃあ、行ってくる」

「うん、いってらっしゃい。カフェのことよろしくね」

お腹を労《いたわ》りつつ、軽くハグをする。ジークから頬にキスをされ、リサも同じようにした。

出る間際、「温かくするんだぞ」と言い残していったジークに小さく笑いながら、リサは手を振って彼を送り出した。

「リサ様、体が冷えますのでお早く」

メイドのメリルに呼びかけられて、リサは玄関ホールから部屋に戻る。後ろからついてくるのは、玄関の外までジークを見送っていたヴァレットのクライヴだ。

「リサ様、本日はアナスタシア様と本館で過ごされるとお聞きしていますが……」

「そうそう。シアさんが相談したいことがあるって言ってたけど……」

――生まれてくる子供の服のことかな……？

アナスタシアはリサの養母であり、シリルメリーという女性に大人気の服飾ブランドのオーナー兼デザイナーだ。

リサの妊娠がわかってからというもの、アナスタシアは初孫の誕生を待ち望んでいる。だから相談したいことがあると言われて、真っ先に『また赤ちゃんの服のことか』とリサは思ったのだ。

そうリサが思うのも無理はない。何しろアナスタシアは気が早いことに、すでにたくさんの服を作ってくれている。それこそ赤ちゃんが着尽くせないくらいに……

しかも、まだ性別がわからないからといって、男女両方の服を作っている。どちらの性別でも使えそうなデザインのものもあるとはいえ、それはごくごく一部だ。

リサもたびたび『もういいから』と言っているのだが、シリルメリーでも売り出したいと言われ、強く止められないでいた。

リサとジークが生活している別館から、渡り廊下を通ってクロード邸の本館へ向かう。

ジークと結婚するまではリサも本館に住んでいたため、勝手知ったる建物だ。

メリルからアナスタシアはサンルームにいると聞いていたので、リサもそこへ向かう。お茶会でも使われているクロード家のサンルームは、屋敷の中で一番陽当たりのいい場所にある。

天気がいい日は陽が差し込んで部屋が暖かくなるため、今のような冬の時期でも快適に過ごせるのだ。

部屋の前に到着するとメリルが扉をノックする。部屋の中から「どうぞ～」という返事があったので、リサは入室した。

「リサちゃん、いらっしゃい」

ソファでくつろいでいたのは、ゆるりとしたウェーブのかかるピンク色の髪を持つ女性だ。彼女がアナスタシアである。

「お待たせしました、シアさん」

アナスタシアとは先程、朝食の席でも顔を合わせていた。

「さあ、こっちにどうぞ」

アナスタシアはリサを手招きして、自分が座るソファの隣へ誘う。

リサは促《うなが》されるまま、彼女の隣に腰を下ろした。

「日に日に大きくなるわねぇ」

座ると余計に目立つお腹に視線を落として、アナスタシアは表情を緩ませる。

「胎動《たいどう》も結構激しくなってきたんですよ」

「まあ！　触らせてもらってもいいかしら？」

「もちろんですよ！」

リサが快諾《かいだく》すると、アナスタシアはワクワクした顔でリサのお腹に手を当てた。

「赤ちゃん、お祖母《ばあ》様ですよ～」

優しく呼びかけるリサの声に、一瞬、間を置いてからポコンとお腹が動いた。

「わっ！　今ハッキリと感じたわ……！」

アナスタシアは興奮したように頬を染めた。そして、もう一度リサのお腹に手を当て直すと、今度は自《みずか》ら話しかける。

「赤ちゃん、お祖母《ばあ》様ですよ～！」

また少し間を置いてから、ポコンと反応があった。

「うふふ、もう言葉がわかるのかしら？」

楽しげに微笑んだアナスタシアは、感触があった箇所を撫でる。

「声は伝わっていると思いますよ」

「そうだといいわねぇ。それにしても、私、お祖母《ばあ》ちゃんになるのね」

「……あ、嫌でした……？」

違う呼び方の方がよかっただろうか、とリサはハッとしてアナスタシアの顔を窺《うかが》った。

「ああっ、違うの！　むしろ嬉しいのよ～！　実際に赤ちゃんからそう呼ばれるのはまだ先でしょうけれど、初めて自分がお祖母《ばあ》様って呼ばれて、赤ちゃんがそれに応えてくれたから実感が湧いてきたの」

「そうだったんですね……それならよかったです」

「ふふ、お祖母《ばあ》様って早く呼ばれたいわ」

そう言ってアナスタシアはとても嬉しそうに笑う。それを見てリサもホッとした。

大きな窓から差し込む冬の日差しがぽかぽかと気持ちいい。

そんな中、リサとアナスタシアは、お腹の子供の存在を確かに感じながら、微笑み合うのだった。

第二章　経験者の話はためになります。

「そうそう、リサちゃんに相談があるのよ！」

アナスタシアが何かを思い出したように、そう切り出した。

「あのね、リサちゃん。スティルベンルテアをやらない？」

「スティルベンルテア？」

リサは初めて聞く言葉に首を傾げる。そのリサの反応を見て、アナスタシアが説明をはじめた。

「スティルベンルテアっていうのはね、赤ちゃんが無事に生まれてくるように、って願いを込めて開くパーティーのことよ。お母さんになる女性を勇気づけるためでもあるから、友達や親しい人を集めてお祝いするの。でも妊婦さんにお酒はよくないから、お茶を振る舞うのよ」

「そんな行事があるんですね」

リサが元いた世界ではベビーシャワーと呼ばれるものだ。といっても日本ではそこまでメジャーなイベントではなかったため、リサはあまりピンと来ていない。でも、話を聞いて楽しそうだなと思った。

「基本的に妊娠中の女性が主催するんだけど、一人じゃ大変だから家族や友人が協力するのよ。もしよかったらリサちゃんのスティルベンルテアは私が協力したいと思ってるんだけど……」

「もちろんです！　というか、私はスティルベンルテアを知らないので、すごく頼っちゃうと思うんですが……」

「全然！　むしろ頼ってほしいわ～！　……そうは言っても、私は自分のスティルベンルテアを開いたことがないから、人に招待された経験を元にやるしかないんだけどね」

そう言ってアナスタシアは苦笑する。

アナスタシアと夫であるギルフォードの間には実の子供がいない。だからアナスタシアは自身のスティルベンルテアを開いた経験がないのだ。

そのせいもあって、リサのスティルベンルテアに協力したいのかもしれないし、それなら自分だけでなくアナスタシアにも楽しんでほしいとリサは思った。

「うん、やりましょう、シアさん！　スティルベンルテア!!」

「ええ、楽しい会にしましょう！」

リサとアナスタシアは、手を取り合って頷いた。

「スティルベンルテアにはいろいろな形があるのよ」

アナスタシアはスティルベンルテアについての知識がまったくないリサに説明をはじめた。

「まずはテーマね。どういう会にするか、きちんと決めておくのが成功の秘訣だと聞いたわ」

「テーマ、ですか……？」

「たとえば、誰を招待するかによってテーマが変わってくるわ。友達だけなのか、親族も呼ぶのか、はたまた仕事の関係者まで広げるのか。規模も雰囲気も十人十色なのよ」

リサがイメージしたのは、本当に親しい人だけを呼んでする気楽なパーティーだったが、それだけじゃないようだ。

「女性だけを呼ぶ会もあるし、子供も参加可能にしたり、逆に大人だけに限定したり、主催する人によるわね」

「すごく自由なんですね」

「そうねぇ。でもあくまで主役は妊婦さんとお腹の赤ちゃんよ。主役の妊婦さん自身がどういう会にしたいか、っていうのが重要なの」

「なるほど」

アナスタシアの言葉を聞いて、リサは少し考える。

――私なら、親しい人たちを呼んで、日頃のお礼を伝える会にしたいかなぁ。今もカフェ・おむすびや料理科を支えてくれる人たちのおかげで、こうして休んでいられるわけだし……

リサがカフェや料理科で担《にな》っていた役割はとても大きかった。

だからリサの妊娠がわかってからというもの、主に夫であるジークの働きかけで、リサがいなくても仕事が回るような態勢を作っていった。

幸い、料理科は年を重ねるごとに講師の数が増え、リサが直接教えなくても大丈夫な環境になりつつあったし、カフェ・おむすびの方も王宮の厨房《ちゅうぼう》からの出向期間を延長したヘクターと、新しくメンバーになった料理科の卒業生・ルトヴィアスが頑張ってくれている。

もしこれが、数年前――リサがこの世界に来たばかりの頃や、カフェや料理科ができたばかりの頃であれば、不可能だったはずだ。

当時、フェリフォミアの食文化はまだ発達していなかった。リサにしか作れない料理がたくさんあり、その役目を誰も代わることができなかっただろう。

それから数年。

カフェ・おむすびや王宮、料理科などでリサが努力し、周りの人たちが協力し続けてくれたおかげで、リサの代わりを務められる料理人が何人も育っている。

リサは彼らに成長するきっかけを与えたかもしれないが、成長したのは彼ら自身の努力の結果だ。

そんな彼らをはじめ、これまで関わった人々に感謝の気持ちを伝えたいとリサは思っていた。

豪華でかしこまった会にするよりも、温かくもてなせたら嬉しい。そのことをアナスタシアに伝えると、「リサちゃんらしいわね」と笑顔で賛成してくれた。

「じゃあ、招待する人たちはそれぞれお仕事もあると思うから、早めに招待状を送りましょう」

「そうですね。皆さん、スケジュールの調整が必要だと思いますし」

リサとアナスタシアは相談し、スティルベンルテアをひと月半後に開くことに決めた。


その日の夜。

「スティルベンルテア?」

「そう。シアさんから開いてみたらって提案されてね。楽しそうだなって」

カフェから帰ってきたジークに、リサは今日決めたことを話す。そしてソファに座ったままジークにたずねた。

「ちなみにジークは参加したことある?」

「確かライラが生まれる前に、母さんが開いてたな」

ライラというのはジークの妹だ。といっても歳が離れているため、ライラの生まれる前に母親が開いたスティルベンルテアのことを、ジークは覚えていたようだ。

「その時のスティルベンルテアはどんな感じだったの？」

「詳しくは覚えてないけど、割と小ぢんまりとした感じだったと思う。自宅にごく身近な人だけを呼んで開いたはずだ。ライラは三人目の子供だっていうのもあって、そんなに大きな会にはしなかったのかもな」

「なるほど……」

「身近なメンバーだけを呼んで、気張らずにやるのが一番じゃないか？　妊娠中なんだから準備も大変だし、頑張りすぎるのは体によくないぞ」

そう言いながらソファの隣に座ると、ジークはそっとリサのお腹に手を当てた。

前から何かとリサのお腹を触ることが多かったが、最近はその頻度《ひんど》がさらに高くなった気がする。

日に日に大きくなっていくお腹。胎動《たいどう》も頻繁《ひんぱん》にあり、それを感じることでジークも父親になる心構えをしているのだろう。

ただ、無言でじっと手を当てるのはどうかとリサは苦笑する。せっかくなら何か話しかければいいのに……

――心の中で会話してるのかな？

「今触っているのは、あなたのお父さんですよー」

代わりにリサが話しかけてあげると、その瞬間、お腹の赤ちゃんが動いた。

「……おお」

ジークの手にもその感触が伝わったのだろう。彼は小さく声を上げた。

チラリと彼を見れば、とても嬉しそうにしている。無表情だけれど少しだけ口角が上がり、雰囲気が柔らかくなるのだ。

そんなジークをじっと見つめていたら、リサの視線に気付いたのか彼が顔を上げた。

少しばつの悪そうな表情になったので、リサはクスリと笑う。

「ジークも何か話しかけてよ。その方が赤ちゃんも嬉しいはずだし」

「ああ……」

どうやら話しかけるのは照れくさいらしい。何度か同じことを言っているが、一向に話しかける様子はなく、リサはその度にやれやれと思うのだ。

ただ、リサは知らない。

彼女が寝ている間、ジークがお腹の赤ちゃんに向かって話しかけていることを……

「それで、スティルベンルテアはどうするんだ？」

ジークはリサのお腹から手を離すと、話題を元に戻した。

「ひと月半後にやることだけは決まったけど、どういう内容にするかはまだ考え中。そもそもスティルベンルテアのことを知ったのが今日だし、経験者の話を聞いてから決めたいかな」

「カフェのメンバーの中で経験者といえば、オリヴィアとデリアか？」

オリヴィアとデリアはカフェ・おむすびの従業員で、接客を担当している。二人とも子供がいるため、そういう意味ではリサの先輩である。

おそらくスティルベンルテアの経験もあると思うので、彼女たちにまず話を聞きたいとリサは考えていた。

「そうだね。明日カフェはお休みだけど、二人は出勤する？」

明日はカフェの休業日。従業員はレシピの試作をしたり、備品の補充をしたりと、営業日には手が回らないことをするのだ。

ただ、オリヴィアとデリアは子供がいるし、調理スタッフに比べて休業日にやるべき仕事は少ない。だから、休んで家族サービスに務めてもらうこともあるのだ。

ここ最近の勤務体制についてはジークに一任しているので、明日の二人の予定も知っているだろう。

「ああ、昼過ぎに来るって言ってたぞ」

「じゃあ、そのくらいに私も行こうかな。二人に会いたいし」

最近は家にばかりいて人に会わないので、リサは退屈していた。気分転換も兼ねて外に出るのもいいだろう。

デリアとオリヴィアに会って、久しぶりにおしゃべりしたい。友人としてもそうだし、先輩ママである二人と話をするのは、リサにとってとても有意義なことだ。

「わかった。二人にも一応伝えておくな」

「うん！　お願いね！」


翌日、リサはオリヴィアとデリアが出勤してくるタイミングに合わせて、ゆっくりカフェに向かった。

店の前で馬車を停めてもらうと、転ばないよう気を付けて降りる。そしてカーテンが閉まり、休業日を示す札が下がっているカフェのドアを開けた。

「お疲れ様です〜」

リサがそう言って店内に入ると、カウンターを挟むようにして立っていたオリヴィアとデリアがこちらを向いた。

「まあ、リサさん！」

ミルクティー色の長い髪をサイドテールにした女性がオリヴィアである。

「いらっしゃい……って言うのも何か変ね」

そう言っておかしそうに笑うのはデリア。肩までのこげ茶の髪をハーフアップにしている。

「言いたくなるのはわかるよ。カフェに来るのも久しぶりだからね」

「ほらリサさん座って。お腹が大きくなってきたわね」

カウンターの外にいたオリヴィアが、リサをテーブル席に誘導する。リサはありがたく座らせてもらった。

「リサさん、ちゃんと休めてる？　大丈夫？」

お水を持ってきてくれたデリアが心配そうに聞いてくる。

「ものすごくのんびりしてるよ。こんなに暇でいいのかってくらい」

「これまでが忙しすぎたのよ。ゆっくりできるのも赤ちゃんが生まれるまでだけどね」

オリヴィアはかつてのことを思い出しているのだろう。ちょっと困ったように、でも懐かしそうに笑った。

「そうねぇ、子供が生まれたら一日一日があっという間だから」

デリアもうんうんと頷きながら同意する。

「そっか、それもそうだよね……」

経験者の言葉にリサはしみじみと呟《つぶや》く。赤ちゃんが生まれたら、そのお世話でこれまで以上に大変になるだろう。

自分の仕事を周りのみんなに肩代わりしてもらっている。そういう申し訳ない気持ちが大きかったのだが、赤ちゃんが生まれてからのことを考えると、今だけのんびりさせてもらうのも悪いことではないような気がした。

「ジークくんから少しだけ聞いたけど、スティルベンルテアのことを知りたいんですって?」

オリヴィアの言葉で、リサは今日カフェに来た目的を思い出す。

「そうなの。実はスティルベンルテアを開くことになったんだけど、私自身スティルベンルテアに参加したことがないから、どんな感じかまず知りたくて。二人はどういう風にした?」

「スティルベンルテアね〜。懐かしいわ。私も一応開いたけど、特別なことはしなかったわ。親しい人を招いたお食事会みたいな感じじゃね」

デリアは懐かしそうに微笑みながら言った。

「うちは旦那の方が張り切っちゃってたわね。いつも仕事でいろんなところに行って忙しい人だったから、そういう機会がなかなか持てなかったせいかしら。私の友人だけじゃなく、旦那の友人もたくさん呼んだわ。結婚した時のパーティーとほとんど同じ顔ぶれだったけれど」

オリヴィアも懐かしそうな表情をする。ただ少しだけ寂しげにも見えた。

彼女の夫は数年前に亡くなっている。楽しかった思い出は嬉しくもあり、切なくもあるのだろう。

「やっぱり人によってそれぞれなんだね〜」

「そうねぇ。スティルベンルテアは生まれてくる赤ちゃんと、そのお母さんのために開くものだから、主役が望むような形にするのが一般的ね」

「一人目の時には盛大に開くけど、二人目、三人目になるにつれて簡素になっていく傾向もあるわ。そもそも必ず開かなければならないものでもないし、本当に人それぞれよ」

オリヴィアとデリアの言葉にリサはなるほどと頷いた。二人の話を聞く限り、スティルベンルテアはとても自由度の高いイベントのようだ。

イベントの本質である『生まれてくる赤ちゃんとそのお母さんのための会』というこ

とさえ守っていれば、あとは人それぞれの楽しみ方でいいのだと思う。

だが形式が決まっていないものだからこそ、逆にどうしようか悩む。

「うーん……どうしよう。ますますわからなくなってきた……」

頭を抱えるリサを、他の二人は微笑ましげに見ていた。

「そんなに深刻になることはないわよ。リサさんの気持ちが一番大事なんだから」

「そうそう。無理して開くものでもないし、割り切って『自分が思いっきり楽しめる会にするぞ』って人も多いのよ」

オリヴィアもデリアも悩むリサを励ましてくれる。

招待客をもてなしたければもてなせばいいし、自分が楽しみたいならそのための会にすればいいと言う。

「準備が大変なら私たちも手伝うし、遠慮なく言って！」

デリアの言葉にオリヴィアも頷いてみせる。

「二人ともありがとう。よければ、また相談に乗ってほしいな」

「任せてちょうだい！」

オリヴィアから心強い返事をもらい、リサは心が軽くなった。

その後、リサは恒例の試食を兼ねた昼食に同席させてもらい、楽しい時間を過ごした。

久々にカフェを訪れたことがとてもいい気分転換になったし、オリヴィアとデリアからスティルベンルテアのこともいろいろ聞くことができて、充実の一日だった。

しかし、それが後《のち》にリサを悩ませることになるとは、この時はまったく考えていなかったのである。

第三章　方向性について悩んでいます。

スティルベンルテアに向けて、リサはまず招待する人たちのリストを作っていた。ゲストの人数が決まれば、おおよその規模感もわかると思ったからだ。

「まずカフェのメンバーに、料理科の先生たち、友達のアンジェリカにセラフィーナ。あとアシュリー商会の人たちも呼びたいなぁ」

日頃からお世話になっている人は、できるだけ多く招待したい。

料理人という職業柄か、リサはせっかく招待するなら、きちんともてなしたいと思っていた。スティルベンルテアは赤ちゃんと妊婦さんのためのものだというが、もてなすことに喜びを感じるタイプのリサにとっては、それ自体も楽しみなのだ。

招待する人の名前をあらかた書き出したところで、思わず声を漏らした。

「うわ、結構な人数だなぁ……」

リサとしてはアットホームな会にしたいと思っていたのに、この人数だと結構な規模になってしまいそうだ。

「人数を減らすか……でもなぁ……」

リストアップした人たちは、いずれもお世話になっている人ばかり。招待する・しないに分けるとなると、その線引きが難しい。

「いっそ女性に限定しちゃう？　けどそれもなぁ……」

スティルベンルテアを開く人の中には、女性だけを呼ぶ人もいるらしい。話を聞いたところ、デリアはそのタイプだったようだ。

他に、カップル限定で呼ぶこともあるという。これはお茶会やパーティーでもよくあることなので、それに則《のっと》ったタイプのスティルベンルテアらしい。

またオリヴィアのように、自分の友人だけではなく、夫の友人も呼ぶタイプもいる。

赤ちゃんが生まれるとなると、夫側にもまた覚悟がいる。スティルベンルテアは経験者から話を聞けるチャンスでもあるので、これを機に父親になる心構えをしておきたいという人も少なくないようだ。

――誰を招待するかを考えるより先に、どんな会にするかを具体的に決めた方がよかったかなぁ……？

リサは招待客のリストを前にして、一人悩みはじめた。

オリヴィアとデリアの話を聞いて、いろいろなタイプのスティルベンルテアがあることを知り、リサはワクワクしていた。

仕事を離れて家にいる生活は、お腹の子のためとはいえ少し退屈だ。クロード家の面々とは毎日顔を合わせるものの、カフェのメンバーやお客さん、料理科の講師や生徒たちにはほとんど会えていない。

これまでカフェや料理科で働いて、毎日いろんな人に会えた。

それが最近はまったくなくなってしまったので、正直なところ、リサは寂しかった。だからスティルベンルテアで久しぶりにたくさんの人に会えると思うと嬉しかったのだ。

その結果、招待客のリストが膨大になってしまい、気が付けば結婚式の時とまではいかなくとも、それに迫る人数になっている。

和気藹々《わきあいあい》とした会にしたいなと漠然《ばくぜん》と思っていたのだけれど、これだけの人数を呼んだらどんな会になるのか想像もつかない。

かといって今リストアップした人を減らすのは嫌だなぁとも思う。

「あの、リサ様」

「ん？　どうしたの、メリル」

メイドのメリルの呼びかけに、リサはペンを持ったまま振り返る。

「アナスタシア様がいらしているのですが、お通ししてよろしいですか？」

「シアさんが？」

別館に来るのは珍しい。とはいえ特に不都合もないので、通してもらうようメリルに伝える。

「急に来てしまってごめんなさいね。お邪魔じゃなかった？」

「大丈夫ですよ。スティルベンルテアのことを考えてただけなので」

リサの様子を窺《うかが》いながら入室してきたアナスタシアに、リサは向かい側のソファを勧める。すぐにメリルがお茶とお菓子を出してくれた。

「スティルベンルテアのことを考えていたなら、ちょうどよかったわ！　私も友人にいろいろとね、聞いてみたの」

どうやらアナスタシアの方も情報収集をしてくれていたらしい。

「私のお友達はたくさんゲストを呼んで大規模にやったという人が多かったわ。結婚してからも仕事を続けている人がほとんどだし、そういうイベントはめったにないからなのか、普段会えない人を呼ぶことも多いみたい」

なるほど、とリサは頷いた。

リサとジークは結婚して一年半が経つし、このくらいの時期に妊娠や出産をするのはなんらおかしなことではない。

ただ、フェリフォミアの人々の結婚は早い。何しろ成人年齢が十六歳。男女ともその歳になれば結婚できてしまうのだ。

それぞれの仕事に馴染《なじ》んだり、生活の基盤を整えたりするため、相手がいても二十歳前後までは婚約期間とする人が多い。だが、それでもリサの世界の結婚適齢期より早いことは確かだ。

加えて、こちらの世界は元いた世界より女性の社会進出が目覚ましい。なので、結婚してもすぐ子供を作るという人は多くないようだ。

もちろんすぐ子供を授かる夫婦もいる。ただ、その場合、女性側は仕事の量を調整したり、子供が生まれたら預けるところが必要になったりするので、いろいろと大変らしい。

子供を預かってくれる機関や民間のベビーシッターも多いので、なんとかなるようではあるけれど、子供を作るなら計画的にという人が多数派だと聞いている。

きっとアナスタシアの友人たちも結婚してからステイルベンルテアを開くまでの間に、

そこそこ時間が経っていたのだと思う。だからこそ結婚式以来、会えていなかった人たちをスティルベンルテアに呼んだのではないだろうか。

「あら？　もしかしてリサちゃん、招待する人のリストを作っていたの？」

アナスタシアはテーブルの上に置かれた招待客のリストに気付いたらしい。

「先に呼びたい人をピックアップすれば、だいたいの規模感がイメージできるかなって思ったんですけど……」

「それはいい考えね！　……あの、リサちゃん。私も呼びたい人が何人かいるんだけれどいいかしら？　せっかく孫が生まれるから一緒にお祝いしたいの」

アナスタシアはリサの表情を窺《うかが》いつつも、期待するような目を向けてくる。

オリヴィアは自身の友人だけじゃなく、夫の友人も呼んだと言っていた。それなら養母であるアナスタシアの知り合いを呼んでもおかしくはないだろう。

それにアナスタシアは自分の子供のスティルベンルテアができなかったから、せめて孫の時は友人たちに祝ってほしいという気持ちがあるのかもしれないと、リサは思った。

「もちろんです！」

リサが快諾《かいだく》すると、アナスタシアはホッとしたように表情を緩ませた。

さっそくアナスタシアから招待したい人たちの名前を聞く。ほとんどはアナスタシアがお茶会を開く時に招いている人たちだったので、リサとも顔見知りだ。

そのことに少し安堵しながら、リサは新たな人たちをリストに加えていった。

「リサちゃん、僕の友人も呼んでいいかい？」

アナスタシアの友達を招待すると知って、養父のギルフォードもそう言ってきた。アナスタシアの友人はよくてギルフォードの友人はダメだとは言えないので、リサはもちろん頷く。

ただ、ギルフォードの友人はアナスタシアの友人ほどリサにとって馴染《なじ》みがない。その上、ギルフォードの友人は国の要職に就いている人が多く、本当にスティルベンルテアに来られるんだろうか？　と思ってしまうほど忙しい人ばかりだ。

ひとまずリストに加えてみたはいいものの、気付けば結婚式の時と同じくらいの人数になってしまっていた。

「どうしよう、これ……」

本館で夕食を取ったあと別館の自室に戻ってきて、リサは頭を抱える。

ちょっとしたお茶会くらいの規模にするつもりだった。格式張らず、気軽に来てもらえるような会をリサは想像していたのだ。

だが、この人数になると大規模にせざるを得ないだろう。

リサは知らなかったが、実はアナスタシアが今日スティルベンルテアの話を聞きに行ってきたという相手は、このフェリフォミア王国の王妃であるアデリシアだった。

アデリシアのスティルベンルテアは、当然ながら王太子であるエドガーがお腹にいた時のこと。次代の王のスティルベンルテアともなれば、それは盛大なものだったはずだ。

また、ギルフォードもスティルベンルテアは盛大にやるのが当然という認識である。何しろギルフォードは由緒正しき侯爵家の生まれだ。家柄を考えると、スティルベンルテアもそれなりに立派なものを開かなければならないし、それが一般的だと思っている。

リサが考えていたアットホームで気軽な会と、貴族としての家格に見合うスティルベンルテアは、明らかに違う。

とはいえ、リサもクロード侯爵家の一員である。

カフェの店長や料理科の講師として普通に働いてきたので、リサ自身あまり意識していないが、クロード家は立派な貴族なのだ。

フェリフォミア王国は実力主義なので、貴族であろうと平民であろうと実力があれば評価されるし、貴族が偉いとか貴族だから何をやっても許されるなんて風潮もない。

しかし、貴族であるというのも実力のうちだ。爵位があるということは、そのぶん、国に貢献しているということになる。

もちろん世襲《せしゅう》される爵位もあるが、貴族は国に多額の納税を課されている上に、責任も重い。経済を回し、人を導く。それがフェリフォミア王国の貴族なのだ。

リサのスティルベンルテアも、そういう事情を考慮したものでなければならない。

まだそこまで明確な考えには至っていないものの、うっすらとそれに近いことを考えて、リサはますます悩んでいた。

うんうん唸《うな》りながらリストとにらめっこしていたら、部屋のドアがノックされた。

返事をすると、ドアから顔を出したのはジークだった。

「リサ、寝ないのか？」

寝室に来ないリサを心配して、様子を見に来てくれたらしい。

「うん、今行く……」

寝支度は済んでいるが、スティルベンルテアのことを考えはじめたら止まらなくなったのだ。

リストを裏返しにして机に置くと、リサはゆっくり立ち上がる。

そしてドアを押さえて待っているジークのもとへ向かった。

「うーん……」

あれから数日経つが、リサの中でスティルベンルテアの計画は全然まとまらずにいた。

今のままだと、具体的にやりたいことも決まってないのに、招待する人の数だけは多い会になってしまいそうだ。

たくさんの人に会いたいという気持ちはもちろんある。でも、リサが会いたい人たちに加えて、アナスタシアとギルフォードの友人たちも招待リストに加わった。

それによって、さらに人数は多くなってしまったわけで……

リサにはスティルベンルテアに参加した経験がないので、スティルベンルテアがどんなものかは想像するしかない。今は経験者からの話を聞いて、それを補完しているが、こんなに人を呼んで大丈夫なのかな？　と迷ってしまっていた。

「リサ様……？　お医者様が見えましたが、お通ししてよろしいですか？」

応接室で待機していたリサに、メリルがそっと声をかけてくる。寝椅子に座って考え込んでいたリサは、それにハッとして顔を上げた。

今日はこれから医師の検診なのだ。

「うん、大丈夫。お通しして」

リサが頷くと、メリルが一度部屋の外に出ていく。再びやってきたメリルは、老年の女性を伴《ともな》っていた。

「こんにちは、リサさん」

「こんにちは、先生」

顔の皺を深くして微笑む医師に、リサもつられるように笑みを浮かべる。

妊娠初期からお世話になっている専門の医師だ。ややふくよかな体に、柔らかな表情。性格もおおらかで明るいこの医師のことを、リサはすぐに好きになった。

クロード家のお抱え医師の奥さんでもあるので、家族からの信頼も厚い。

おっとりとしつつも頼もしい彼女の前では、リラックスして診察を受けることができている。

「さてさて、赤ちゃんの様子はどうですか？」

医師の言葉を聞いてリサは寝椅子に横になる。メリルに手伝ってもらいながら、診察用の服の前をくつろげ、大きくなったお腹を出した。

この服はアナスタシアが作ってくれたものだ。上下に分かれていて、それぞれ前のボタンを開けられるようになっている。

これには医師も診察がしやすいと喜んでくれた。

「では触りますよ～」

「はーい」

力の抜けた緩い話し方をする医師に、リサはクスリと笑って返事をする。

優しく、でもしっかりと確かめるように触れる医師の手が、お腹の上で動くのを目で追う。付き添ってくれているメリルと、そして寝椅子の背もたれにいる小さな精霊もじっと見つめていた。

静かに触診していた医師が、やがてお腹から手を離す。

「お腹の赤ちゃんは元気そうですね。逆さになっていることもなさそうですし、順調そのものです」

にっこりと笑って告げられた言葉に、リサはホッとする。

「ありがとうございます」

「そういえば、精霊さんと赤ちゃんの交流はその後どうですか？」

医師がリサの周りに視線を泳がせた。

待ってましたというように、緑色の精霊がふわりと飛び出してくる。

この精霊はバジル。リサと契約している、緑を司《つかさど》る精霊だ。

不思議なことにバジルは、リサのお腹の赤ちゃんと意思疎通ができるのだ。といっても言葉ではなく、リサのお腹が光るのを見て赤ちゃんの気持ちを想像しているだけなので、高度なコミュニケーションは取れないようだが。

「赤ちゃん、とっても元気ですよ！　最近はバジルからだけじゃなく、赤ちゃんの方から話しかけてくれることもあるんです！」

得意げに話すバジルの言葉をリサは医師に伝えた。

すると彼女はクスクスと笑って、「それはいいですね」と頷く。

「今くらいまで育ってくると、赤ちゃんにも外の声は聞こえているようですからね。たくさん話しかけてあげてください」

「バジル、お姉さんですから、もちろんたくさん話しかけますよ！」

以前、リサが『バジルちゃんはお姉さんだね』と言って以来、バジルは姉としての使命に燃えているらしい。よくリサのそばを離れてふらりと出かけていたのに、最近はリサのもとを離れようとしない。

楽しそうだからいいかと、リサはその様子を見守っている。

「それでは本日はこれで」

「はい、ありがとうございました」

医師は妊娠後期に気を付けるべき事柄などを話すと、検診を終えて部屋を出ていく。

お腹の赤ちゃんが問題なく成長している様子に、リサはホッとしながら医師を見送った。

第四章　ヒントをもらいました。

「えっと、お茶の準備はできてるし、あとは……」

リサは朝からクロード家別館の応接室にいた。リサとジークが生活している別館にも本館ほど大きくはないが、応接室がある。

使う頻度《ひんど》は高くないけれど、クロード家の使用人がいつ使ってもいいように整えてくれている。

今日はその応接室に来客の予定があるのだ。

「リサ様、お客様がお見えになりました」

メリルがそう言って客人を案内してきた。

「リサちゃん！」

嬉しそうな声と共に姿を見せたのは、シルバーブロンドの髪をお下げにした女の子。

彼女はジークの妹のライラだ。

「いらっしゃい、ライラちゃん、お義母《かあ》さん」

ライラのあとから入室してきた母のケイリーにも、リサは挨拶をする。

「久しぶりね、リサさん。お邪魔するわ」

ライラやジークと違い、ケイリーの髪は濃い緑色。しかし、涼しげで整った顔立ちと青い目はジークとそっくりだった。感情があまり表情に出ないジークとは対照的に、ケイリーは表情豊かだから印象はだいぶ違うけれど。

今日はケイリーとライラが遊びに来ることになっていたので、リサは朝から楽しみにしていたのだ。

「ジークが不在ですみません。カフェの方に行かなきゃいけなくて……」

料理科はお休みなのだが、カフェの営業があるため、ジークは同席することができない。それをリサが謝ると、ケイリーは「気にしないで」と笑った。

「リサさんが働けない分、ジークにしっかり働いてもらったらいいのよ。あの子がいてもあまりしゃべんないだろうし、今日は女性同士おしゃべりしましょ？」

自分の息子だからか、ケイリーはジークに対して遠慮がない。

「そうそう！　私もリサちゃんといっぱいお話ししたいもん！」

ライラも同意したので、リサは思わず笑った。

二人にソファを勧めると、メリルがお茶を出してくれる。

「ジークから聞いたけど、スティルベンルテアを開くんですって？」

お茶で喉《のど》を潤《うるお》してからケイリーが切り出した。

今日二人がここにいるのは、リサの様子を見に来てくれたからでもあるが、リサがスティルベンルテアのことをケイリーから聞きたいと思ったからでもある。

ジークからそのことを聞いたケイリーが、わざわざ訪問してくれたのだ。

「そうなんです。ただ私はスティルベンルテアに参加したことがないので、どういう会にすればいいのか迷ってまして……お義母《かあ》さんはどうしました？」

「そうねぇ。マシューの時は初めてだったから、たくさん人を呼んだ記憶があるわ。私も友達もまだ若かったし、親たちやロドニーも協力してくれてね。放牧場を使ってガーデンパーティーにしたわ」

マシューとはジークの兄で、ロドニーとはジークの父のことである。

ジークの実家は、馬の卸売業《おろしうり》を営《いとな》んでいるため、王都の外に広い放牧場を持っているらしい。その放牧場でガーデンパーティーをしたということは、かなり大規模なスティルベンルテアだったようだ。

「ねえ、ライラの時はどうだったの？」

一緒に話を聞いていたライラが、自分の時はどうだったのか気になったらしく、ケイリーにたずねる。

「ライラとジークの時は、本当に仲のいい友達だけにしたわね。家に呼んで、ちょっとしたお茶会みたいな感じで」

「えー……」

ケイリーの答えが不服なのか、ライラは残念そうな声を上げた。

「だってねぇ、その頃には友達もみんな子供がいたし、お互いの都合もあるでしょう？　子供が二人目、三人目ともなると、やっぱり最初ほど盛大にはできないわ。もちろん子供が生まれてくるのは何番目の子であっても嬉しいけれどね。スティルベンルテアの規模が小さいからって、喜びが小さいわけじゃないから、そこは誤解しないでほしいわ。ジークができた時も、ライラができた時も、ものすっごく嬉しかったんだからね」

そう言って、ケイリーは隣に座るライラの頭を撫でる。

「そうなんだ」

ライラは納得したように呟《つぶや》いた。

スティルベンルテアがどのようなものであれ、子供の誕生を祝う気持ちは変わらないのだと、リサも納得できる。

「それで、リサさんは今のところ、どんなスティルベンルテアをしようと思ってるの？」

「上手くイメージできないので、招待したい人のリストから作りはじめたんですが、その人数がすごく多くなっちゃって……」

「あらいいじゃない。せっかくだし呼びたい人をいくらでも呼んだらいいわ。クロード家だし、場所には困らないと思うけど、なんならうちの放牧場を使ってもらってもいいし。……あ、でも今の時期は屋外だと寒いわね」

「ありがとうございます」

ケイリーの気持ちが嬉しくて、リサは微笑んでお礼を言った。すると、ライラが「ねえねえ、リサちゃん」と話しかけてくる。

「そのスティルベンルテア、ライラも参加できたりする？」

「もちろん！　是非来てほしいな」

「……あ、でも来るのは大人ばかりなんでしょ……？　そしたら場違いかなぁ」

ライラは少し考えてから、しゅんとした。

十一歳のライラは学院の初等科に通っている。リサの元の世界で言うと小学校高学年だ。

出会った頃に比べたら大きくなったけれど、まだまだ子供。スティルベンルテアには参加してみたいが、子供一人で参加して楽しめるか不安になったのだろう。

大人のパーティーに興味があって参加しても、子供が楽しめるのは最初のうちだけだったりする。子供にはまだ難しい話も多いだろうし、そんな中にいると飽きてくるものだ。

もしかしたらライラはそのような経験をすでにしているのかもしれない。

だがライラの反応から、リサはふと思いついた。

「子供でも楽しめるようなスティルベンルテアならいいかもしれないですね……」

「子供でも？」

リサの言葉にライラが顔を上げた。その目は期待するように輝いている。

「ライラちゃんの他にも同じくらいの歳の子がいたら、一緒に遊んだりもできるかなって思ったんだけど……」

「あら、いいじゃない！　子供がいる人でも参加しやすいっていうのは、スティルベンルテアにはぴったりな条件だと思うわ。子育ての話を聞けたりもするし」

ケイリーがリサの考えを後押ししてくれた。

リサの身近な人でいえば、オリヴィアとデリアには子供がいる。二人には是非来てほしいと思っていたが、デリアはともかくオリヴィアはシングルマザーなので、息子のヴェルノを連れての参加になるだろう。

他に子供の参加者がいなければ、ヴェルノもライラが心配したのと同じような状況になってしまう。

もちろんヴェルノだけじゃなく、デリアの娘でヴェルノと仲良しのロレーナも呼べばいいのだが、それでも大人向けの会ではすぐに飽きてしまうだろう。

そういったことを考えると、ライラの言葉はリサにとって大きなヒントになったような気がした。

大人も子供も楽しめるスティルベンルテア。

それには、ただ子供が参加できるというだけではなく、彼らが飽きないような工夫が必要だし、かといって子供だけに焦点を当てるのもダメだろう。

ケイリーがマシューを身ごもった時に開いたというスティルベンルテアは、放牧場でのガーデンパーティーだから、子供たちが自由に走り回れたかもしれない。

だが、今の季節は冬。

さっきケイリーが言った通り、さすがに寒いので屋外は難しい。

そうなると室内で大人も子供もてなせるパーティーを考えないといけない。

漠然《ばくぜん》としていたスティルベンルテアのイメージがはっきりすると共に、リサは自分がワクワクしてきたのを感じていた。

第五章　再考しました。

ケイリーは最後に『時間も余裕もある一人目の時には、自分がやりたいスティルベンルテアを思いっきりやるといいわ』と助言をしてから、ライラと共に帰っていった。

一人になったリサは、どんなスティルベンルテアにしたいかを考え直すことにする。

「まず赤ちゃんを祝ってもらうことでしょ」

それがスティルベンルテアを開く根本的な理由だ。

しかし、わざわざ意識せずとも来てくれた人はみんな祝ってくれると思う。

「あとは私自身がどんな会にしたいかってことだよね」

ケイリーは『自分がやりたいスティルベンルテアをやるといい』言っていた。

まだお腹の子が生まれてもいないのに、二人目や三人目の子供のことを考えるのはおかしいけれど、もしも一人っ子になるのであれば、スティルベンルテアを開くのはこれっきりとなる。

スティルベンルテアは出産するまでの間に何度開いてもいいと聞くが、時間や準備の手間を考えると、そう何度も開くことはできない。

それにケイリーがそうだったように、やはり子供が二人目、三人目になるにつれ、スティルベンルテアも小規模になっていくだろう。

子供が生まれれば毎日やることも多いから、時間的な余裕もなくなる。それに、ごく親しい相手だとしても、スティルベンルテアのために何度も時間を作ってもらうのは申し訳ない。

だからこそ、ケイリーもあの助言をしてくれたのだと思う。

経験者から背中を押されたリサは、思い切って自分がやりたいスティルベンルテアをしようと思った。

そして真っ先に思い浮かんだのは――

「久しぶりに思いっきり料理がしたいかも」

お腹が大きくなってきてからは、料理をする機会もめっきり減ってしまった。カフェと料理科で毎日のようにしていたけれど、その仕事も今はお休み中。

さらにクロード家には料理長がいるので、毎日の食事はリサが作らなくてもいい。特別な事情がなければ、料理をしなくても大丈夫な環境なのだ。

でもその一方で、料理はリサの趣味でもある。

この世界に来てカフェを開店できたのも、料理という長年の趣味が高《こう》じたからだと言える。

そして料理はリサにとって好きなことであると同時に、ストレス発散の手段でもあったということに、リサは最近気付いた。

「みんなが楽しめる料理を振る舞えたらいいなぁ。こう、気軽につまめて楽しい感じの……」

――赤ちゃんのお誕生日会ならぬ、お誕生前会みたいな雰囲気にしたらどうだろう？　お誕生日会は大人も子供も大好きなはずだ。せっかくだし子供連れで来てもらって、大人にも一緒に楽しんでもらいたい。

リサはさっそく思いつくまま料理を書き出してみる。

「子供の誕生日パーティーの定番だと、エビフライ、ピザ、フライドポテトに、ちらし寿司、たこ焼き、お好み焼き……あ！　唐揚げはチューリップにしよう！」

リサは自分が幼い頃のお誕生日会を思い出した。毎回、母がチューリップ唐揚げを作ってくれていた。

普通の唐揚げとは違い、手羽元や手羽先を使って作る。骨付きのままお肉を片側に寄せ、まるでチューリップのような形にして揚げたものだ。

骨の部分が持ち手になって食べやすい上に、外側の皮がパリッとしていておいしい。

作るのに少し手間がかかるので、お誕生日会のような特別な日にしか作ってもらえなかったが、だからこそ幼い頃のリサにとっては特別な食べ物だった。

「うん。見た目も楽しいし、いいかもしれない」

料理のことを考えはじめたら、あんなに思い悩んでいたスティルベンルテアがどんどん楽しみになってきた。

「マスターも赤ちゃんも楽しそうですね～！」

生き生きとしはじめたリサに、バジルがニコニコと笑いながら言った。

「赤ちゃんも楽しそうなの？」

「はい！　ピカピカしてますよ！」

どうやらお腹の子もリサの気持ちを感じ取っているようだ。ピカピカ光っているのが楽しいということなのかは定かでないが、バジルが嬉しそうに言うので、リサはそういうことにしておこうと思う。

「たくさん料理を出すなら立食形式かなぁ。でも座って休憩できるように、壁際に椅子も置いて……」

　ずっと立ちっぱなしだとリサ自身も大変なので、椅子の用意は必須だ。

　あとは来てくれた子供たちが楽しめる場所にしたい。大人の集まりに子供が来ると、はじめはいいけれどだんだん飽きてしまう。そうなった時に遊べるスペースを作っておいたらいいいんじゃないかとリサは考えていた。

「何を置けばいいかな？　おもちゃとか？　でもヴェルノくんとかロレーナちゃんくらいの歳になると、おもちゃで遊ぶって感じでもないのかな……」

　二人より年上のライラもいるので、それも考慮したい。

　本やボードゲームみたいなものも用意しておこうと、リサはメモに書きつける。

「よし、あとはジークとシアさんと、ギルさんにも意見を聞いてまとめよう！」

　改めてメモを見ると、料理のことが大半を占めている。だが、それはそれで自分らしいスティルベンルテアかもしれない、とリサは思うのだった。


　その日の夕食後、リサはジークたちに時間を作ってもらって、スティルベンルテアのことを相談した。

「こんな感じでやろうと思ってるんですけど、どうですか？」

今日考えたことを説明して、三人の反応を窺《うかが》う。

「リサが決めたことならそれでいいと思う。料理でどうにかしようとするのは相変わらずだな、とは感じたが……」

真っ先に頷いてくれたのはジークだった。リサが料理の説明をはじめた時には、わずかに苦笑していたけれど。

「いいと思うわ！　大人も子供も楽しめるスティルベンルテアって素敵ね！」

続いてアナスタシアもリサの考えに同意してくれる。その隣に座るギルフォードも首を縦に振っていた。

そこでアナスタシアが「実は……」と伏し目がちになって言う。

「先日、私の友達も招待したいって言ったこと、少し後悔してたの」

「え……？」

意外な言葉にリサは驚く。その反応を見てアナスタシアは苦笑した。

「今思えば、ずうずうしかったなぁって……。自分のスティルベンルテアができなかったからかしら。心の底にそれが引っかかっていたのかもしれないわね。どんなに素敵なお茶会を開いても、スティルベンルテアとは違うもの……」

「シア……」

　アナスタシアの切ない心の内を聞いて、ギルフォードが慰めるように彼女の肩を抱いた。

「割り切ったつもりでいたのにね。私はとても恵まれているもの。実の子供がいなくてもこうしてギルと仲良く連れ添ってこられたわ。それにリサちゃんが娘になってくれて、ジークくんという息子も増えた。そして、孫まで……。幸せすぎて舞い上がっちゃったのね。ごめんなさい」

　アナスタシアはそう言って、リサに向かって申し訳なさそうに微笑んでみせた。

「それを言うなら僕もだよ。シアが友人を呼ぶならと思って、つい流れに乗っちゃったんだ。深く考えず、リサちゃんにプレッシャーを与えてしまった……」

　ギルフォードも視線を落とし、しゅんとしている。

　すっかり湿っぽい空気になってしまい、リサはあわあわと両手を振った。

「二人ともそんな……！　ずうずうしいとか、プレッシャーとか、そんなことないです！　シアさんもギルさんも赤ちゃんを祝福したいと思ってのことだと思いますし、気にしないでください！」

「でも、リサちゃんを悩ませてしまっていたんじゃないかしら……」

　アナスタシアがなおも言葉を重ねる。だがリサは横に首を振った。

「確かに人数が多くなりすぎてどうしようとは思いました。でも仕事を離れてから人に会う機会が減ったので、私も舞い上がってしまって……。楽しみにしすぎてやりたいことが全然まとまってなかったんですよね。でも今は方向性も決まったし、むしろたくさんの人に来てもらって、楽しい時間にしたいと思ってます！」

「リサちゃん、ありがとう……。私も協力は惜しまないから、なんでも言ってね！」

「僕も手伝うからね！」

アナスタシアとギルフォードは、気を取り直したように強い口調で言った。

リサの膝の上に、ぽんと手が置かれた。隣に座るジークが優しい眼差しでリサを見つめている。

言葉はなくても背中を押してくれる。そんな彼の気持ちが伝わってきて、リサは心が温かくなった。

「バジルも頑張りますよ～！」

「ふふ、ありがとうバジルちゃん」

自分の精霊からも元気づけられ、リサは嬉しくなって笑う。

そして、改めてアナスタシアとギルフォードに向き直った。

「かなりの大人数になりそうなので、お二人が協力してくれたら本当に助かります。でもあまり格式張らず気軽で楽しい会にしたいと思っていますので、よろしくお願いします！」

「任せてちょうだい！」

「頑張ろう！」

二人から力強い言葉をもらい、リサはホッとする。

こうしてようやくスティルベンルテアに向けての準備が本格的にスタートした。

第六章　準備に取りかかりました！

「さて、やりますか～！」

リサは動きやすい服にエプロンをして、両方の袖《そで》をまくる。

別館の厨房《ちゅうぼう》で、朝からやる気に燃えていた。スティルベンルテアに向けて、まずは料理の試作をすることにしたのだ。

久々に料理ができるので、リサはワクワクした気持ちでさっそく準備をはじめる。

「リサ様、あまりご無理は……」

テンションの高いリサを見て、メリルが忠告してきた。彼女には別の仕事があるので、ずっとリサのそばについていられるわけではない。

「うん、それは大丈夫！　疲れたら休みながらやるね」

リサだってお腹が大きくなってきた今、前と同じようにできるとは思っていない。それでもスティルベンルテアの料理は心づくしのものにしたいと考えていた。

メリルの心配そうな視線を感じながら、リサは材料を用意していく。

今回のスティルベンルテアで作る料理は、小麦粉を使うものが多い。業務用の大きな袋に入った小麦粉はさすがに運べないので、メリルに用意してもらい、その間にリサは他の材料を揃《そろ》えていった。

まずは寝かせる時間が必要なピザ生地から作ろうと思う。

ボウルに小麦粉を篩《ふる》い、そこに塩と酵母を入れ、ぬるま湯を加える。さらにオリーブオイルによく似たリンツ油も入れたら、手で捏《こ》ねて馴染《なじ》ませていく。

だんだん生地がまとまってくるので、まとまったら台の上に移す。そして、台に打ちつけるようにして捏《こ》ねていく。

時折生地を畳みながら捏《こ》ねていくと、どんどん滑《なめ》らかになっていく。生地を左右に引っ張ってもブチブチ切れないほど粘りが出たら、丸く整えてボウルに戻し、濡れ布巾を被せて寝かせるのだ。

その間にソースや具材を準備する。

ピザは定番のトマトソースがよいだろう。リサはトマトによく似たマローという野菜の瓶詰めを取り出した。これは旬の時期に採れたマローを加工しておいたものだ。

だが瓶の蓋《ふた》が開かなくて、急遽《きゅうきょ》ヴァレットのクライヴに開けてもらってから、ソース作りのスタートだ。

玉ねぎに似たニオルとニンニクのような香りのするリッケロをみじん切りにする。

フライパンに多めのリンツ油を引き、そこに刻んだリッケロを入れたら、弱火でじっくりと温めて油に香りを移していく。

次にニオルを加え、焦げないように炒める。ニオルがきつね色に色づいてきたら、適度な大きさにカットしたマローを入れて煮込んでいく。

ピザのソースなので、あまり水分が多いと扱いづらい。ここでマローの水分をしっかり飛ばしておく必要がある。

焦げないように時々かき混ぜ、途中で塩こしょうと乾燥させたジェバッゼを入れる。

ジェバッゼはバジルに似たハーブで、とても香りがいいのだ。

やがてマローの水分がほどよく飛び、ソースの嵩《かさ》が半分以下になった。ヘラで掬《すく》ってみると、とろっとしていていい感じだ。

最後に塩こしょうを振り、味をやや濃いめに整えたらソースの完成だ。コンロの火を止めて、冷めるまで置いておく。

まだ生地の方は寝かせている最中なので、違う料理に取りかかる。

リサは冷蔵庫からトトという鳥の肉を取り出した。部位は骨が付いたままの手羽元である。

これを唐揚げにするのだ。

唐揚げはもも肉や胸肉を使うのが一般的だ。手羽元も使うことはあるが、唐揚げよりフライドチキンなどに使われることが多い。

しかし、リサが作ろうと思っているのは唐揚げだ。しかもちょっと変わった唐揚げなので、特別な下ごしらえが必要だった。

リサは手羽元をまな板にのせると、ペティナイフで骨と肉の間に切り込みを入れていく。骨に沿って少しずつナイフを入れて、筋をしっかりと外したら、骨から切り離した肉を手で片方に寄せる。

この時、肉を外側にめくるのではなく内側に入れ込むようにするのがポイントだ。そうすることで皮が外側になり、揚げた時にカリッとする。

同じ作業を手羽先の本数分、行っていく。

結構手間がかかるけれど、リサが思い描く思い出の唐揚げを作るには、これが大事なのだ。

「できた……！」

すべての手羽元を処理し終えると、リサは小さな達成感にホッと息を吐いた。

まな板の上には、まるでチューリップのような形になった手羽元がずらりと並んでいる。

その眺めに満足したのは一瞬のことで、リサはすぐ次の作業に移る。

ボウルを用意すると、そこに醤油と酒を入れて、下ごしらえした手羽元を漬けていく。

全体に調味料が馴染《なじ》むように、手でしっかりと揉み込んでいくのだ。

そのまま味が染み込むまでしばらく漬け込んでおく。

ここでそろそろピザの作業に戻ることにした。

生地を一次発酵させていたボウルから濡れ布巾を外してみると、生地がしっかり膨らんでいる。優しくガスを抜いてから、その生地を数個に分ける。

それを丸めたら、また濡れ布巾を被せて置いておく。ここから二次発酵だ。

二次発酵はそれほど長い時間ではないので、その間に上にのせる具材を切っておく。

ベーコンやソーセージを薄切りにし、野菜も火が通りやすいような大きさに切る。火が通りにくいムム芋や、カボチャに似たプルエは下茹でしておいた。

「あとは仕上げだけだね」

下ごしらえが終われば、最後は生地の成形だ。

「あの、リサ様、ずっと作業されてますが大丈夫なんですか……？」

メリルがリサを気遣って声をかけてくれる。よほど心配なのか、たびたび厨房《ちゅうぼう》にやってきてはリサの様子を窺《うかが》っていた。

リサはそこでハッとする。メリルに声をかけられるまで夢中になってしまっていた。料理をはじめてから、かなり時間が経っている。休憩するのも忘れて没頭してしまったようだ。

そのことに気付いた途端、足がだるくなってきた。

「あー、ずっと休憩してないから、ちょっと座ろうかな……？」

リサも自分が妊婦だというのを十分自覚している。妊娠は病気じゃないとはいえ、妊娠前とまったく同じようには生活できない。

少しばつの悪い気持ちを抱えながらメリルに言うと、彼女は近くまで椅子を持ってきてくれた。

「すみません、はじめから近くに置いておけばよかったですね……」

「いいのいいの、気にしないで」

「何か飲み物でも用意しましょうか？」

「じゃあ、せっかくだしもらおうかな？」

「かしこまりました」

　そう言うと、メリルは喜々とした様子でお茶を淹《い》れはじめた。

　メリルがお湯を沸かすのを眺めながら、リサは椅子に座って足をストレッチするように伸ばす。

　妊娠してからというもの、足がとてもむくみやすくなった。

　しかもたまに攣《つ》る。思いっきり伸ばしたいところだが、それで攣《つ》ったこともあるので優しくほどほどの力で伸ばした。

　リサが足の筋肉をほぐすなどしてリラックスしている間に、メリルがお茶を運んできてくれた。

「どうぞ」

「ありがとう」

　カップの中はうっすらピンク色をしていて、ふわりと甘い花の香りがする。

やけどをしないように気を付けながら一口飲むと、砂糖を入れていないのに甘みがあって、さらにさっぱりとした酸味も感じる。

これは妊娠してからよく飲むようになったお茶だ。味はローズヒップティーに似ているかもしれない。

フェリフォミアは花茶が有名でいろいろな種類があるが、中には妊婦にとってあまりよくないお茶もある。体に害がないものを選び、さらにリサが飽きないよう、数種類のお茶をメリルがローテーションで淹《い》れてくれているのだ。

「おいしい」

リサが正直な感想を呟《つぶや》くと、メリルが笑みを浮かべた。

「お口に合ってよかったです」

「メリルが淹《い》れてくれるお茶は、いつもおいしいけどね」

ひいき目かもしれないが、カフェのメンバーに引けを取らないだろう。料理はどちらかというと不得手だけれど、食べることが大好きなメリルは、せめて料理と一緒に飲むお茶はおいしいものをと思って努力しているという。

それを聞いた時はメリルらしいなと思ったものだ。

「そうだ、メリル。このあとって時間ある？」

「少しならば大丈夫ですが、何をするんですか？」

「あのね、一緒にピザのトッピングやらない？」

「ピザのトッピングですか？　でも私、料理はあまり得意じゃ……」

「大丈夫！　生地の上に好きな具材を並べるだけだから！」

「そうなんですか？　……じゃあ、やってみます」

「よし！　それじゃあお昼も近づいてきたし、ピザの仕上げをしちゃおう」

リサはお茶を飲み干すと、椅子から立ち上がった。

二次発酵させていた生地もいい感じにできている。小分けにして丸めた生地を取り出すと、打ち粉をした台にのせ、めん棒で伸ばしていく。

ピザ生地といえば、元の世界では豪快に放り投げるようにして伸ばす職人もいた。ピザ生地が宙を舞う様子は一種のショーのようで、見ていて楽しかった。

ピザ職人は容易にやっているように見えたが、実はとても難しい。リサにはそんな高度な技術はない上に、この身重の体でチャレンジするのはあまりよくないので、めん棒を使うことにした。

生地を丸く伸ばしたら作っておいたピザソースをのせ、スプーンで広げる。

あまり端っこまで塗りすぎると焼く時にこぼれたり、食べる時に手が汚れたりするので、耳の部分は何も塗らずに残しておいた。

「メリルはなんの具材にする？　いろいろ準備したんだよ。海鮮に野菜、ベーコンにソーセージ」

「……ええと、どういった組み合わせがおいしいでしょうか？」

「どれを組み合わせてもおいしいと思うけど、メインを肉にするか海鮮にするか決めた方が、味にまとまりが出ると思う」

「では、ソーセージを中心にしてみます」

「いいね！　じゃあ私は海鮮にしようかな～」

本当はピザソースも何種類か用意したいのだが、今日は急遽《きゅうきょ》試作することにしたので、マローのソースしかない。

そのソースの上に、リサはアッガーというエビに似た魚介や、セーピニァというイカに似た魚介をのせていく。さらに、パプリカのようなペルテンという野菜や、コグルという粒の大きなトウモロコシのような野菜ものせていった。

あまり具材をのせすぎても火が通らないし、食べにくいのでほどほどでやめておく。

チラリとメリルの方を見ると、そちらもいい感じだった。

「ソーセージにムム芋とニオルはすごくいい組み合わせだね！」

ムム芋はじゃがいもに似た芋で、ニオルは玉ねぎに似た野菜だ。

「そうですか？」

はじめはトッピングの仕方がわからず戸惑っていたメリルだが、やりはじめると意外と楽しかったらしい。リサにいい組み合わせと言われて嬉しかったのか、少し得意げだ。

「具材をのせたら、最後にチーズをたっぷりかけて焼くだけだよ」

「できあがるのが楽しみですね！」

力強く言ったメリルは、ハッと自分の口を押さえた。

立派なメイドを目指しているメリルは、リサの前では食いしん坊キャラを隠している。もうリサにはもちろん、ジークにもバレバレなのだが、本人は恥ずかしいのか頑《かたく》なに表に出そうとしない。

「わ、私、そろそろ仕事に戻りますね！」

「ふふ、トッピング手伝ってくれてありがとうね」

顔を赤らめて厨房《ちゅうぼう》から出ていくメリルを、リサは微笑みながら見送った。

その後、ピザを焼くためにオーブンの予熱をはじめる。オーブンが温まるまでの間に、唐揚げも最後の仕上げだ。

リンツ油を深めの鍋に入れたら、火にかける。

そして下味をつけておいた手羽元を取り出すと、表面にでんぷん粉を振っていく。ムラがないよう、全体にしっかりとつけるのがポイントだ。

オーブンの予熱が終わったので、ピザを中に入れ、タイマーをセットする。あとはもう焼き上がりを待つだけだ。

リンツ油が熱した頃合いを見計らい、粉をまぶした手羽元をそっと油の中に入れた。じゅわっと気泡が上がり、油のはじける独特の音がする。

油の温度が下がりすぎないように、間隔を開けて手羽元を一つずつ入れていく。

一度には入りきらないので、二度に分けて揚げることにした。

色が変わってきたら上下を返し、満遍《まんべん》なく火が通るように揚げていく。こんがりと揚がったら、油を切って網を敷いたバットに上げる。

そして二度目を揚げようとしたところで、ヴァレットのクライヴが通りかかったので、リサは手招きした。

「よかったら一個どうぞ」

「え、いいんですか……？」

「みんなには内緒ね」

リサが小声でそう言うと、クライヴは目を輝かせながらこくりと頷いた。

チューリップ唐揚げはなんといっても食べやすい。骨の部分をつまめば、簡単に齧《かじ》りつくことができる。

リサは揚げたての唐揚げを一つ取り、フーフーと息を吹きかけてから、あむっと齧《かじ》りついた。

パリッとした皮の歯ごたえのあとで、中から肉汁と共に旨味があふれ出してくる。

さすがに揚げたては熱い。息を吹きかけて冷ましても、ハフハフ言いながら食べることになった。ただ、揚げたてで熱々だからこそ、そのおいしさは格別だ。

「どう?」

つまみ食いの共犯になったクライヴに感想を聞くと、彼も口をハフハフさせながら「最高においしいです!」と言ってくれた。

どうにかメリルや他の使用人に見つからずに食べ切ると、彼は名残惜《なごりお》しいような顔をしつつも、「ごちそうさまでした」と言って仕事に戻っていった。

リサは残りの唐揚げを揚げていく。

そしてできあがった唐揚げをバットにのせ終えたところで、ちょうどピザもいい具合に焼けたようだ。

ミトンを手にはめてオーブンを開けると、チーズの溶けるいい匂いが周囲に立ち込める。

「うん、いい感じ！」

とろりとしたチーズはなんて魅力的なんだろうとリサは思う。焦げ目と焦げ目の間のぐつぐつしているところや、具材にかかっているところなどは、最高においしそうに見える。

メリルだけじゃなく、リサだっていつも料理ができあがって食べるのは、毎回本当に楽しみなのであった。

第七章　念願の料理を作ります！

あれから毎日のように試作をして、適度なストレス発散をしているリサのもとに、さらにいいものが届いた。

「やっとできあがったんだね！」

かねてから注文していたそれを見て、リサはとても嬉しくなる。

それは、黒い鉄製のプレートで、表面に等間隔の丸いくぼみがある。

日本人なら少なくとも一度は目にしたことがあるだろう。コンロの火にかけて使う、たこ焼き用のプレートだ。

リサはこれを特注で作ってもらっていた。

「これでたこ焼きができる！」

粉もんの代表格といえば、たこ焼きだ。あの独特のまん丸なフォルムは他の食べ物にはない魅力を放っている。

外側が香ばしく焼かれ、中はとろっとした食感。タコのコリッとした歯ごたえに、甘辛いソースの風味。おやつにもお酒のおつまみにも持ってこいの料理である。

——それをフェリフォミアでも味わいたい！

そう思ったリサは、このたこ焼きプレートを注文し、それがようやく届いたのだ。

「メリル、今日はたこ焼きだよ！」

「たこ焼き、ですか……？」

「ああ、そうか。タコじゃなくてあれだ、ポルーボ！　ポルーボ焼き！」

リサがこちらの世界の食材に置き換えて言うと、メリルは驚いたようにギョッと目を見開いた。

「ポルーボですか!?　あれは食べられるものなのですか!?」

メリルもポルーボという生き物は知っているようだが、まさかそれを食材にするとは思わなかったらしい。

——まあ、見た目がちょっとグロテスクだもんね……

「はじめは食べるのに勇気がいるかもしれないけど、慣れたらコリコリの歯ごたえと、噛む度に味が染み出てくる感じがたまらないんだよ！」

「あれを食べる……」

食いしん坊のメリルでも食べるのを躊躇《ちゅうちょ》するほどらしい。料理ができてしまえばわかってもらえると思うが、メリルにしては珍しくリサの言うことに懐疑的だった。

ここはとにかくたこ焼き、もといポルーボ焼きがどんな料理か、作ってみせるほかないだろう。

そうと決まったら、さっそく生地作りだ。

まずは小麦粉をしっかり篩《ふる》いにかけておく。そこに昆布に似たバイレで取った出汁《だし》を入れ、溶いておいた卵も加えて混ぜる。粉のダマがなくなるまで、しっかり混ぜるのがコツだ。

生地はこれで完成。次は具材の準備だ。

リサは冷凍庫に向かうと、そこから二つの食材を取り出した。

「下ごしらえしておいてよかった～」

そう呟《つぶや》きながら調理台にのせたのは、ポルーボの足と天かすだ。

ポルーボは事前に下処理を済ませてある。何しろポルーボを調理する上で一番大切で、一番大変なのが下処理だ。

生のポルーボは、ぬめりがすごい。それをまず取らなければならない。

取り方は割と単純で、塩と水、それだけを使う。

ポルーボの頭を切り、内臓を取り出したら、大量の塩を振りかける。そこからひたすら塩で揉むのだ。この塩揉みは生臭さを取り、身を柔らかくするためでもあるので、しっかり揉むことが大切だ。

足の吸盤は特にヌルヌルするので、しっかりと塩をまぶして揉む。それと一緒に汚れも落としていく。だんだん泡立ってくるので、一度水でしっかり流してから、また塩をつけて入念に擦《こす》っていくのだ。

これをポルーボの手触りがキュッキュッとするくらいまで行う。

それが終わったら、今度は下茹でだ。

沸騰したお湯に塩をひとつかみ入れたら、ポルーボを足からゆっくり入れていく。コンロの火は少し弱め、小さい泡が鍋底から上がってくる程度の温度に保つ。

その状態で茹で、串が刺さるくらいの柔らかさになったら取り出す。

氷水に浸《つ》けて余熱を取れば、これで下処理は完了だ。

そうして冷凍しておいたものが、今、調理台の上にあるポルーボだった。

それを凍ったまま、ぶつ切りにしていく。たこ焼きプレートのくぼみに入るくらいのサイズに切ったら、そのまま自然解凍させる。

天かすは水分がないため、冷凍庫に入れても凍らないので、解凍しなくてよい。

残る具材は、ニーオレというねぎに似た野菜だ。これを小口切りにする。

これで材料は揃《そろ》った。

いよいよポルーボ焼きを作っていきたいところだが、おろしたてのたこ焼きプレートは、まず油ならしをしなければならない。

油ならしとは、鉄製の調理器具を長く使うために、油を馴染《なじ》ませることである。これをしないと焦げついたり、サビついたりすることがある。はじめにしっかりやっておくのが肝心だ。

まずはたこ焼きプレートをお湯でよく洗い、埃《ほこり》などを落とす。

次にプレートを火にかけ、空焚《からだ》きして水分を蒸発させる。

水分が飛んで温まったプレートに、油を塗っていく。油は、いつも調理に使っているリンツ油だ。

リサは専用の油引きも作ってもらった。木製の持ち手の先端に、毛でできた房がついている道具だ。これを使うと、しっかりと満遍《まんべん》なく油を引くことができる。

たこ焼きを作るには、この油引きがとても重要だ。くぼみの一つ一つに油を引くのは、これがないとできない。

油ならしの際も、この油引きを使って、しっかり油を塗っていくのがいいだろう。

油を引いたらそのまま中火で加熱する。そして十分油を染み込ませてから、ようやくポルーボ焼きに取りかかる。

念のため、もう一度油引きで油を引いたら、くぼみの半分まで生地を流し込む。

ぶつ切りにしたポルーボを一個ずつ落とし、その上からニーオレ、天かすを入れていく。

そして再び生地を入れるのだが、くぼみからあふれるくらい流し込むのがコツだ。

外側が焼けてきたら、あふれた生地を中に入れ込むようにして、ひっくり返していく。

プレートと油引きの他に、専用の千枚通しも作ってもらったので、これが大活躍だ。

やはりたこ焼きを作るには、千枚通しが欠かせない。

そこでちょうど様子を見に来たメリルは、千枚通しで次々とひっくり返すリサを見て

「リサ様、とても器用ですね……」と驚いていた。

千枚通しの使い方も慣れないと難しいが、ひっくり返すのもコツがいる。あふれた生地を寄せるようにしてくぼみに入れたら、その歪《いびつ》な部分が下になるようにひっくり返す。こうするとくぼみの中で生地がしっかりと整い、丸く綺麗にできあがるのだ。

そうして表面がきつね色になったら焼き上がりだ。

お皿に盛って、甘めのソースをかける。青のりや鰹節《かつおぶし》がないのが残念だが、これはこれでシンプルでいいだろう。

試しに一つ食べてみることにした。

楊枝《ようじ》を刺し、フーフーとしっかり息を吹きかけてから齧《かじ》りつく。

外はカリッとしているが、中はとろっとした食感だ。さらにポルーボのコリッとした歯ごたえとソースの味が口に広がっていく。

「はふっ、熱いっ……！　でもおいしい！」

表面は冷ましたけれど、焼きたてのたこ焼き……もといポルーボ焼きは中が熱い。しかし、だからこそ格別のおいしさがあった。

もう一つ、と別のポルーボ焼きに楊枝《ようじ》を刺す。すると、視線を感じた。

その方向を見れば、メリルがじっと見つめていた。

「……メリルも食べてみる？」

リサが声をかけると、彼女がススと近づいてくる。

厨房《ちゅうぼう》にはポルーボ焼きの焼ける匂いと、ソースの香りが充満していた。とても食欲を誘う匂いだ。

メリルはそれに気付いて、たまらずやってきたらしい。

ただ、どうも複雑な表情をしている。いい匂いがするけれど、ポルーボを食べるのは……と悩んでいるようだ。

「嫌なら無理に食べなくてもいいよ?」

「……っ！　いえ、食べてみたいです！」

目の前にあるポルーボ焼きはかなりおいしそうだ。メリルが苦手なポルーボも中に隠れているため、見た目にはわからない。

その上、この食欲をそそる匂いだ。メリルの心の天秤《てんびん》は食べる方に傾いたらしい。

リサの用意した楊枝《ようじ》を使って、一つ持ち上げる。

「中がすごく熱いから気を付けて」

リサの言葉に頷いたメリルは、控えめに息を吹きかけてから、恐る恐る齧《かじ》りつく。

「っは、あっつ！」

やはり熱かったのか、ハフハフさせた口を手で隠しながら悶絶《もんぜつ》している。

どうにか呑み込んだメリルは、目をキラキラと輝かせてリサの方を見た。

「とてもおいしいです！　熱かったですけど、外がカリッとしている一方で、中はとろっとしていて……。なんといってもソースとの組み合わせが最高ですね！」

メリルとしては予想以上の味だったのだろう。興奮した様子でリサに感想を伝えてくる。

「もしかして中に入っていたコリコリしたものがポルーボだったのですか……？」

「そうだよ～」

「まあ！　ポルーボとはこんな味だったのですね！　噛めば噛むほど味が出てくるようで、とてもおいしかったです」

「口に合ったならよかった～！　こうして中に入れて焼いちゃったら、見た目にはわからないしね」

「それにこの小さくて丸い形が可愛いですし、食べやすくていいですね」

「そうなんだよ！　楊枝《ようじ》で簡単に食べられるのがたこ焼き……じゃなかった、ポルーボ焼きのいいところだよね！」

手軽に食べられるポルーボ焼きはパーティーに持ってこいだと思う。それに万人受けする味でもある。

きっとスティルベンルテアでも、今試食してくれたメリルのように喜んでもらえるだろうと思うと、リサは当日がますます楽しみになってきた。

こうしていくつかの料理を考えながら、リサはスティルベンルテアの準備を進めていく。

アナスタシアを中心に、ジークやギルフォード、クロード家の使用人たちからもアイデアや人手を借りて、いよいよスティルベンルテアの日を迎えることになった。

第八章　スティルベンルテアを開きます。

クロード家の中で一番大きな応接室でスティルベンルテアは開かれた。

朝から屋敷には多くの人が詰めかけ、それをクロード家総出で迎えていた。リサは応接室の入口付近にスタンバイし、やってきた招待客に挨拶をして部屋に招き入れる。

リサ自身が招待した人が多いが、アナスタシアやギルフォード、そしてジークが招待した人もそれなりにいる。

今回のスティルベンルテアはドレスコードはなし。お茶会のようなかしこまったものではなく、気軽なパーティーにしたかった。

基本的には立食形式だけれど、壁際には椅子を多く用意し、自由に座れるようにしている。

それだけではなく、ふかふかのラグの上にクッションを置いたスペースもあった。

積み木やパズル、絵本などのおもちゃが置かれたその場所は、リサがこだわって準備した子供の遊び用スペースだ。

今日のスティルベンルテアは、子供連れで参加の人も多い。

ジークの母であるケイリーや妹のライラと話をしたことがきっかけで、リサは大人も子供も楽しめるスティルベンルテアにしようと考えたのだ。

招待状には『是非お子さんとご参加ください』と記載した。

大人のパーティーに参加すると、子供たちはいずれ飽きてしまう。そうなると大人も気にして楽しめないだろう。

そうならないように、リサははじめから子供が遊べるスペースを用意しておき、子供も大人も楽しめるものにしようと思ったのだ。

リサも近々子供を持つことになる。参加した子供たちが遊ぶ姿を見て、自分が子育てする際の参考にしたり、参加した大人からは子育ての経験や子供にまつわる思い出など、いろいろな話を聞いてみたいと思っている。

「リサさん、こんにちは」

「お招きありがとう」

続々と招待客が集まる中、連れ立ってやってきたのはオリヴィアとデリアだ。彼女たちの子供であるヴェルノとロレーナもいる。

「二人とも来てくれてありがとう。ヴェルノくんとロレーナちゃんもいらっしゃい」

リサはオリヴィアとデリアに挨拶したあと、少し屈《かが》んでヴェルノとロレーナにも挨拶する。

「ご招待いただきありがとうございます」

ヴェルノはそう言って、きちんと礼を取った。

それに倣《なら》ってロレーナも「ありがとうございます」と続く。

まだ学院の初等科にも入っていない二人が、しっかりと礼儀をわきまえていることにリサは感心した。

どちらかというと男の子よりも女の子が精神的に早熟《そうじゅく》だと言われている。それは元の世界でもそうだったし、こちらの世界でも変わらないようだ。

ロレーナも例に漏れず、最近は特にませてきたとデリアがこぼしていたが、男の子であるヴェルノもそれと変わらないくらい大人びている。

おそらくオリヴィアがシングルマザーだということも関係しているのだろう。以前は甘えん坊なところのある少年だったが、今の彼からは母を支えようとする強い気持ちが感じられる。

九歳にもなると、男の子と女の子には少し距離ができてくるものだが、ヴェルノとロレーナは変わらず仲がいい。それもヴェルノが精神的に大人びているからではないかとリサは思っていた。

「リサさんのお腹、前より大きくなってるね」

「赤ちゃんが元気に育ってるのね」

ヴェルノとロレーナは好奇心に満ちた目で、リサの膨らんだお腹を見ていた。

二人に会うのは夏休みが終わる前、川辺でバーベキューをした時以来だ。その時も妊娠したことはわかっていたが、お腹はまだ全然目立っていなかった。

前回と違って、服の上からでもわかるくらい膨らんだお腹に、二人は驚いているようだ。

「あなたたちも、お母さんの大きなお腹から生まれてきたのよ？」

オリヴィアがヴェルノの肩にそっと手を置いて言った。

「そっか……。赤ちゃんって不思議だね」

子供がどうやって生まれてくるのか、まだ九歳のヴェルノとロレーナには漠然《ばくぜん》としかイメージできないらしく、まじまじとリサのお腹を見つめている。

「お料理もお菓子もたくさん用意してるよ。ヴェルノくんとロレーナちゃんには遊べるスペースも作ってあるからね」

「えっ！」

リサの言葉にヴェルノとロレーナは目を輝かせる。

「まあ、それはいいわね！」

「ママも見に行ってみようかしら」

オリヴィアとデリアが嬉しそうに言う。リサが「あそこだよ」と教えてあげると、さっそく四人はそちらに向かっていった。

そこへ玄関の方で来客を迎えていたジークがやってくる。

「リサ、こっちは問題ないか？」

「うん、今のところは。そっちは大丈夫なの？」

玄関にはジークの他にアナスタシアとギルフォードもいて、招待客の出迎えと挨拶をしたあと、応接間へ案内するという流れになっている。

リサには寒いからとこちらに回されたのだが、ジークはまだ向こうにいた方がいいのではないかとリサは心配になった。

「ああ、あっちにはシアさんとギルさんがいるからな。逆にこっちに人が増えてきて、リサだけじゃ大変だろうからって二人に言われたんだ」

「そうだったの。こっちはそれほど忙しくないよ。私はただ挨拶してるだけだし」

そう、リサは本当にただ挨拶をして『どうぞ楽しんでいってください』と一声かけるくらいで、そこからの対応は使用人の人たちがやってくれている。

応接室にいくつも置かれたテーブルには料理が並んでいるが、その取り分けや飲み物の提供など、とても細やかに応対してくれていた。

「ならよかった。ほら、人が来ないうちは座っていろ」

すぐ近くに用意された椅子に、ジークはリサを連れていく。

最近はずっと立ち続けるのが億劫《おっくう》になってきたから、リサは大人しく従って椅子に座った。

そこから改めて室内を見回すと、すでに結構な人数がいる。しかし、まだリサの知り合いは半分くらいしか来ていない。

そう思っていたら、新たな招待客がやってきた。

「リサさーん！」

小走りでリサのもとに駆け寄ってきたのは、オレンジ色の髪をショートカットにした女性。カフェ・おむすび二号店で副店長をしているヘレナだった。

「ヘレナ、いらっしゃい！　来てくれてありがとう！」

「こちらこそ、呼んでくれてありがとうございます！　久しぶりにリサさんに会えて嬉しい！　お腹も大きくなりましたね」

「そうなの～！　赤ちゃんは元気いっぱいだよ」

ヘレナに「お腹、触ってみてもいいですか？」と聞かれて、リサは頷く。すると、ヘレナはそっとリサのお腹に触れた。

「赤ちゃん、今は睡眠中ですかね……？」

ヘレナがそう呟《つぶや》くと、その直後にお腹の中でぐりんと動くのがわかった。

「わっ！　動いた……！」

驚いて手を離すヘレナ。その様子がおかしくてリサはクスクスと笑う。

そこへもう一人、見知った顔が現れた。

「ヘレナ、先に行くなよ～！」

鶯色《うぐいすいろ》のくせ毛が特徴的な青年は、カフェ二号店で店長をしているアランだ。ヘレナとアランの二人は、かつてカフェ・おむすびの本店にいたメンバーで、リサとジークとは長い付き合いだった。

「アランくんもいらっしゃい」

「こんにちは、リサさん、ジークさん。今日はご招待いただきありがとうございます。あとこれ、俺とヘレナからのお祝いです」

そう言って、アランは大きな包みを差し出してくる。ジークがそれを受け取った。

「わざわざありがとうな」

「ありがとう、二人とも！　中身はなんだろう？」

気になったリサはジークの手元を覗き込む。

「木のおもちゃです。実はうちの兄が職人でして……。少し前にヘレナを実家に連れていった時に作ってもらったんです」

アランの説明を聞いて、リサは「おや？」と思った。

「アランくんの実家にヘレナを連れていったってことは……」

リサが呟《つぶや》くと、ヘレナが頬を染めながら口を開く。

「実は私たちもそろそろ結婚しようかなって……」

そう言って、ヘレナはアランと視線を合わせた。

どうやらヘレナは結婚相手として、アランの両親に紹介してもらったらしい。

「おめでとう！　二人もようやく結婚かぁ……！」

「アラン、ヘレナ、よかったな」

リサに続いてジークもお祝いの言葉をかける。

「結婚式には呼んでね！」

リサの言葉にヘレナは嬉しそうに笑って「もちろんです」と応えた。次いでアランが真面目な口調で言う。

「たぶん春以降になると思うので、その前に仕事のことも含めていろいろと相談させてもらってもいいですか？」

リサとジークは快く頷いた。二号店の店長と副店長をしているアランとヘレナが結婚するとなると、カフェでもいろいろと準備が必要になるだろう。

もちろん二人が結婚するのは大賛成だし、そのための協力は惜しまないつもりだ。

今は二号店で働いている二人だが、元はカフェ本店にいた。

ヘレナはジークの次に古株のメンバーだし、アランもそのあとに入ってきた。ここにオリヴィアを加えた五人で、長い時間を共に過ごしたのだ。

今は二号店ができてバラバラになってしまったため、全員が揃《そろ》うことは年に数回しかない。

だからこうして、みんながお祝いに駆けつけてくれて、また一堂《いちどう》に会《かい》することができるのは本当に嬉しい。

さらに、カフェで出会ったヘレナとアランがついに結婚するという。そのニュースを聞いて、嬉しくないはずがない。

感慨《かんがい》と喜びが混ざり合い、リサの胸はいっぱいになる。しかし、二人をずっと引き留めておくわけにもいかない。

「ヘレナもアランくんも来てくれてありがとう！　今日は楽しんでいってね」

「はい！」

ヘレナは元気に返事をし、アランは笑みを深める。そして部屋の奥へと歩いていった。

その後もリサの知り合いが立て続けにやってくる。

「よっ！　リサ嬢、スティルベンルテアおめでとう」

「キースくん、いらっしゃい」

軽い口調で話しかけてきたのは、癖のある茶色の髪を一つにまとめた男性だ。彼はキース・デリンジェイル。リサやジークと共に料理科で教鞭を執っている。

「これ、俺からのお祝いと、セビリヤ先生からのお祝いな」

「ありがとうございます」

ジークがお礼を言って包みを二つ受け取った。

セビリヤは料理科で最も年配の講師で、動植物学を教えている。今日は持病の腰痛が悪化して来られなくなったため、キースがお祝いの品だけ預かってきたそうだ。

「あとでお礼状は送るけど、キースくんの方からもセビリヤ先生にお礼を伝えておいてくれるかな？」

「ああ、もちろん」

キースが快諾《かいだく》してくれたのと同時に、「あっ！　キースさんだ！」という声が聞こえてくる。

声の方を見ると、ヴェルノがこちらに駆け寄ってきた。

「こんにちは、キースさん！」

「おう、ヴェルノか」

キースは親しげに声をかける。長身の彼を見上げるヴェルノの目には、キースに対する明らかな好意が見て取れた。

夏にバーベキューをした時も、ヴェルノはキースによく懐いていた。どうやらキースも満更《まんざら》でもないらしく、今もヴェルノの頭をわしわしと撫でている。

「ねえ、キースさん、あっちに子供が遊べるスペースがあるんだよ！　あと、おいしそうな料理もたくさんあるし！」

「おお、それはいいな」

キースが話に乗ると、ヴェルノはぱあっと顔を輝かせた。

「こっちこっち」

そう言ってキースの手を掴《つか》むと、引っ張って連れていこうとする。

それにキースは笑って、リサたちに空いている方の手を軽く上げてみせた。

「じゃあ、またあとでな」

なかなか珍しいキースの姿にリサとジークは少し驚きつつも、親子のような彼らを微笑ましい気持ちで見送った。

次いでやってきたのは、料理科の卒業生であるルトヴィアスとアメリアだった。

「リサさん、ジークさん、スティルベンルテアおめでとうございます」

「お招きありがとうございます」

彼らは少し大人びた口調でリサとジークに挨拶する。

「二人とも来てくれてありがとう」

リサが微笑みながら言うと、ルトヴィアスが「これ」と包みを差し出してきた。

「俺とアメリアとハウルからです」

「わぁ！　わざわざありがとう！」

「ありがとうな」

リサに続いてジークもお礼を言い、包みを受け取ってくれる。

「ハウルは遅れて来るって言ってました」

「ちょっとお仕事してから来るらしいです」

「それは忙しそうだね～！　でも頑張ってるみたいだね」

ルトヴィアス、アメリア、ハウルの三人はリサとジークの教え子だ。去年の夏に料理科を卒業し、それぞれ就職をした。

ルトヴィアスはカフェ・おむすび、アメリアはアシュリー商会、そしてハウルは王宮の厨房《ちゅうぼう》と、全員違う道を選んでいる。

「カフェは休みだからルトヴィアスは大丈夫だろうが、アメリアも今日は休みなのか？」

ハウルが休めなかっただけにアメリアのことが気になったらしい。ジークの問いに、アメリアはふふっと小さく笑って答えた。

「本当はお仕事だったんですけど、リサ先生のスティルベンルテアだってキャロルさんに話したら、是非行ってきなさいって送り出されました。料理の勉強にもなるだろうし、人脈を作るいい機会だからって」

キャロルとはアメリアの上司で、アシュリー商会の開発部門のリーダーだ。派手な容《よう》貌《ぼう》をした、いわゆるオネエさんである。

見た目も言動も派手な人だが、その実、アシュリー商会という大商会の開発部門を担《にな》っているだけあって、やり手の人物だった。

アメリアはそのキャロルのもとで日々揉まれているらしい。

「ふふ、キャロルさんらしいな。今日は新しい料理も出す予定だし、楽しんでいってね。ルトくんも」

「はい！」

リサの『新しい料理』という言葉にアメリアは目を輝かせ、ルトヴィアスもソワソワとしている。

二人は連れ立って料理の並ぶテーブルの方へと向かっていった。


その後もリサの知り合いがたくさん来てくれた。

カフェ二号店のメンバーであるテレーゼとマーヴィンに、本店のヘクター。

本店のお隣のサイラス魔術具店からは、アンジェリカが婚約者と一緒にやってきた。

さらにリサの義理の従兄弟《いとこ》であるサミュエルがクロード領から駆けつけ、王都に住む婚約者のセラフィーナを伴《ともな》って現れた。

今夜はクロード邸ではなく、セラフィーナの家に泊まるらしい。彼らも近々結婚することになっており、セラフィーナは王都からクロード領へ嫁ぐ。そのため、残り少ない時間を実家で過ごさせたいのと、サミュエルもセラフィーナの家族と親交を深めたいというのが理由らしい。

また、ジークの兄夫婦と妹のライラもやってきた。

他にもカフェや料理科でお世話になった人たちが来てくれる。

たくさんの祝福の言葉と贈り物をもらい、一人一人と挨拶を交わす。やがて会場は招待した人でいっぱいになった。

さぁ、いよいよスティルベンルテアのはじまりだ。

第九章　ポルーボ焼きの披露《ひろう》です！

カンカン！

アナスタシアがゴブレットにカトラリーを軽く打ちつけた。その音に会場中の注目が集まり、賑《にぎ》やかだった場が静かになる。

それを受けて、アナスタシアの隣に立つリサが口を開いた。

「本日はスティルベンルテアにお越しくださり、ありがとうございます」

招待客の顔を見回しながら、リサは続ける。

「……正直なところスティルベンルテアは初めてで、何をしたらいいのかわからなかったのですが、決まった形はなく人それぞれだと聞いたので、思い切って私らしいスティルベンルテアにすることにしました」

リサは会場に点在しているテーブルを見る。今はまだ簡単な前菜しか置いておらず、空きが目立つテーブルには、これから次々と料理が並ぶ予定だ。

「私らしさと言えばやっぱり料理かなと思いまして。今日は子供も楽しめるパーティーにしたくて、子供が好きそうな料理をたくさん用意しました！　もちろん大人が食べてもおいしいはずです。新作料理もありますので、みなさん食べて飲んでしゃべって、大いに楽しんでいってもらえたら嬉しいです」

リサの挨拶が終わると、ギルフォードが食前のお祈りと乾杯の音頭《おんど》を取った。

そのタイミングで、使用人たちが料理を運んでくる。スティルベンルテアのためにリサが試作してきたものが中心だ。

まず何よりこだわって作った、チューリップ唐揚げ。それにピザ、お好み焼き、フライドポテトに、エビに似たアッガーのフライもある。

ポテトサラダに野菜スティックも用意したので、彩《いろど》りも綺麗だ。

ちらし寿司はケーキの型で抜いてみた。酢飯と具材を重ねて層を作り、上にも飾りつけに具材を並べたので、さしずめお寿司のケーキといったところだろう。

運ばれてきた料理を見て、ヴェルノやロレーナ、それにライラといった子供たちが目をキラキラと輝かせていた。

彼らはさっそく親たちに「あれが食べたい！」「取ってきていい？」とせがんでいる。

他の招待客も子供たちに先を譲《ゆず》り、微笑ましく見守っていた。

使用人たちが取り分けてくれた料理を受け取ると、子供も大人も各々《おのおの》食べはじめる。

「この唐揚げ、手に持って食べやすい！」

「このピザ、熱々でチーズがとろけておいしいわ～！　家では食べられないから嬉しい」

「見た目も楽しいけれど、味も抜群だね」

会場中から聞こえてくる感想に、リサは嬉しくなる。しかし、用意しているのはこれだけではない。

中央に用意されたテーブルに、メリルを中心とした使用人たちが調理器具を設置しはじめる。

移動式のコンロに、具材が入ったボウル。片側が尖ったレードルに、千枚通し。そして、いくつものくぼみがついた特殊な形状の鉄板――たこ焼きプレートもあった。

それらが着々と準備されているところを見て、会場の人たちが好奇心を露《あら》わにしている。

「リサ様、準備ができましたよ」

「ありがとう、メリル」

準備が整ったところで、リサはたこ焼きプレートが設置されたテーブルに向かう。隣にはジークも助手として立った。

「これからポルーボ焼きという新しい料理を作りますね」

リサの言葉を聞いて、ヴェルノとロレーナが「「ポルーボ?」」と声を揃《そろ》えた。

「ポルーボってあれでしょ?　へんてこな海の生き物」

ロレーナは不思議そうな顔でリサに聞いてくる。

「そうだよ。ロレーナちゃん、ポルーボを見たことあるの?」

「本で見たよ。あれって食べられるの?」

「うん、コリコリしておいしいんだよ」

リサがロレーナの質問に答えると、それを聞いた会場の人たちから「え!?」という驚きの声が聞こえてきた。

こちらの世界ではポルーボを食べる習慣がなく、メイドのメリルと同様に食べ物だと認識すらしていない人が多い。

でも一度食べたら絶対に気に入るはず。

リサが元いた世界で、たこ焼きが嫌いな人は周りにあまりいなかった。だから、きっとこちらの世界の人にも気に入ってもらえると思う。

「これがポルーボだよ。小さく切ってあるから、見た目にはわからないだろうけど……」

「ポルーボってこんな色をしてるのね！」

ロレーナが見た本は白黒で描かれていたのかもしれない。ぶつ切りにされた鮮やかな赤紫のポルーボを見て、目を丸くしている。

「早くそのポルーボ焼き？　食べてみたい！」

「ライラも～！」

ヴェルノとライラはポルーボを食べることに抵抗がないらしく、リサに早く作ってほしいと急《せ》かしてくる。

「ふふ、じゃあさっそく作りはじめるね。鉄板が熱くなるし、油がはねたら危ないから、ちょっと離れて見ててくれる？」

「「「はーい」」」

三人から返ってきたいい返事に笑みを深めて、リサはポルーボ焼き作りに取りかかった。

十分に熱したポルーボ焼きのプレートに、油引きで満遍《まんべん》なく油を引いていく。

「はじめに生地を入れていくね」

子供たちに説明しながら、リサはあらかじめ作っておいた生地をレードルで掬《すく》い、くぼみに流し込んだ。

ジュウッという音が鳴り、見ている子供たちから「わぁ～！」と声が上がった。

「次に具材を入れていきます。まずはポルーボからね」

そう言いながら、リサはぶつ切りのポルーボをプレートのくぼみに一つずつ落としていく。

「その上から刻んだニーオレと天かすを入れるよ」

ニーオレと天かすは手でひとつかみしたものを、一列ずつ振りかけるようにして加えていく。

「天かすってなぁに？」

ライラがリサに質問してくる。

「天かすっていうのはね、天ぷらの衣だけを油で揚げたものだよ。ちなみに衣っていうのは天ぷらの外側のサクサクしてるところね」

「へぇ～！　じゃあポルーボ焼きもサクサクした食感になるの？」

「ふふふ、それは食べてからのお楽しみ」

質問したライラだけではなく、ロレーナとヴェルノからも「ええー！」という声が上がる。でもそれは残念というより、楽しげな声だったので、リサは笑みを深めた。

「この上から、さらに生地を入れていきます」

プレートのくぼみからあふれるくらいの生地を流し込んでいくと、子供たちの顔に心配そうな色が浮かぶ。こぼれるのではないかと心配しているのだろう。

だがプレートの縁にはわずかな段差があるので、こぼれるようなことはない。

焦げないように火加減を調節しつつ、生地に火が通るのをしばらく待つ。生地が固まってきたら、千枚通しを手にくぼみの周りの生地を切っていく。

「それじゃあ、ひっくり返していきますよ～」

「その針みたいなのでやるの？」

「そうだよ！　見ててね」

ヴェルノの問いに頷いてから、リサはくぼみの周りの生地を中に入れ込むようにして、くるりとひっくり返した。

それを見た子供たちが「おー！」と声を上げる。ただ、それは一緒に見ていた大人たちも同じだった。

一本の千枚通しだけで器用にひっくり返したことが驚きだったらしい。

リサはちょっと得意になりながら、プレートの端から順にひっくり返していく。リズムよくクルクルとひっくり返されていく光景は、妙に小気味よい。

何度か返しながら形を整え、表面をカリッと焼き上げたら完成だ。

リサはできあがったものを二個ずつお皿に取り分けていく。その上にソースをかけると、まずは子供たちに配った。

「熱いから気を付けて食べるんだよ」

リサの忠告を守り、子供たちはフーフーと息を吹きかけてから、慎重に齧《かじ》りついた。

「わぁ！　カリッとしてておいしい！」

「中はとろとろ～！」

口が小さいこともあり、一口ではポルーボまで到達しなかったようだ。だが外側のカ

リッとした食感と、それとは対照的なとろっとした中身に感動したらしい。

もちろんソースにもこだわっている。リサが試食した時はソースの甘辛さが生地と絶妙にマッチしていた。

さらに一口齧《かじ》れば、ごろっと大きめに切られたポルーボが出てくるはずだ。噛むとしっかりとした歯ごたえながら、簡単に噛み切れる柔らかさもあり、これまで体験したことのない食感が新しく感じられるだろう。

「ポルーボっておいしいんだね！」

「コリコリっとした食感が面白い！」

「噛めば噛むほど味が出てくるのね〜！」

ヴェルノ、ライラ、ロレーナが楽しそうな表情で感想を口にする。

するとどうだろう。それまでポルーボに対して少し引き気味だった大人たちが表情を変えた。

子供たちがなんのためらいもなく、むしろおいしそうに食べている姿を見て興味を引かれたらしい。

「ねえリサ、私も食べてみていい？」

「私も食べたいです！」

アンジェリカに続き、ヘレナもリサのそばにやってくる。

「どうぞ～！」

焼けたものをお皿に取り分けてあるので、それを二人に渡す。

すると、我も我もと人が群がってきた。

一弾目に焼いたポルーボ焼きはあっという間になくなった。

それもそうだ。このプレートで焼けるのは一度に十六個。参加者全員に配るには、まだまだ数が足りない。

リサは早くも二弾目を焼くことにする。

「リサ、これじゃあ時間がかかりすぎるから、プレートをもう一つ準備しよう。俺も焼く」

ジークが使用人に指示を出して、予備のプレートを準備しはじめた。

それにしても、こんなにポルーボ焼きに興味を持たれるとは思っていなかった。

試作した時、メリルだけでなく他の使用人たちにも食べてもらったのだが、やはりポルーボを使った料理だと話すと尻込みされた。

食べてみるとおいしいと言ってくれたのだが、『本当にポルーボですか？』と怪訝そうにされたり、『やっぱりまだ抵抗が……』と言われたりもした。

しかし、今回はどうだろう。

子供たちがおいしいと絶賛したことで大人たちも抵抗がなくなったのか、食いつきがすごい。作る工程を見せたので、本当にポルーボを使った料理だと知っているにもかかわらず、二弾目のできあがりを待つ人たちがリサの周囲に集まっていた。

彼らからの熱い視線を感じながら、リサは先程と同じ手順で焼きはじめる。

隣に用意されたプレートに、ジークも生地を流し込んだ。

生地の焼けるいい香りが会場を包む。なんとも食欲を誘う香りである。この香りに抗《あらが》える人なんていないのだろうか。おそらくいないはずだ。

それを証明するように、リサとジークの焼くポルーボ焼きはできあがったそばからなくなっていく。

見かねたアランが手伝いを申し出てくれた。

「リサさん、替わりますよ」

「いやいや、アランくんは今日、お客さんだから」

「そんなこと気にしなくていいですって！　というか、面白そうなので俺もやってみたいです！」

身重のリサを気遣ってなのか、それとも単純に興味があるだけなのかはわからないが、力強い口調で言ったアランにリサは笑う。

「じゃあ、お願いしようかな。やり方わかる？」

「一通り見てたので大丈夫です！」

アランは袖《そで》をまくってリサと交代した。

それを見て、他のメンバーも近くにやってくる。

さらにいつの間にかキースまで寄ってきて、アランの作業を面白そうに見守っていた。

「うわ、ひっくり返すの難しいですね！」

アランは千枚通しに慣れないせいか、ひっくり返す作業に苦戦している。コツを掴《つか》めばなんてことないのだが、はじめは千枚通し一本でくるりと返すのが意外と難しいのだ。

リサも数年ぶりに作ったので、勘を取り戻すまで時間がかかったし、ジークも上手くいくまで何度か練習していた。

とはいえ、アランも伊達《だて》に店長をやってない。リサやジークのやり方を真似、どうにか一つずつひっくり返していく。

次第に要領を掴《つか》んだのか、後半は上手くひっくり返せるようになっていた。

さすがだな、とリサは微笑む。キースも「器用にやるなぁ」と感心している。

それを見て奮起したのは、ヘクターとルトヴィアスである。ジークの方が先に焼き上がると、ヘクターが「俺にもやらせてください！」と申し出た。

ジークが「じゃあ、やってみろ」と譲《ゆず》り、ヘクターもポルーボ焼きに挑戦する。

ただ、ヘクターはアランに比べて料理人歴が浅い。ゆえになかなか要領を掴《つか》めず苦戦していた。ジークが予備の千枚通しを使って、ヘクターがひっくり返した歪《いびつ》なポルーボ焼きの形を整えてやる。

結局最後まで上手くいかず、ヘクターはしゅんとしながらも「今度はもっと上手く作れるように頑張ります」と誓っていた。

そして彼はルトヴィアスにバトンタッチする。

ルトヴィアスは、リサ、ジーク、アラン、ヘクターと四人の手順を見ていたからか、ヘクターよりは格段に上手くひっくり返してみせた。

これにはジークも「上手いな」と呟《つぶや》いて、ルトヴィアスは照れたように表情を緩ませる。

キースまで「へ～、なかなかやるようになったな」と褒めるものだから、ルトヴィアスは「いえ、まだまだです！」と謙遜《けんそん》しながらも耳を赤く染めた。

「ねえ、キースさん！」

「んー？」

くいくいと袖《そで》を引かれたキースがそちらを見ると、ヴェルノが彼を見上げていた。

「僕、キースさんのポルーボ焼きも食べてみたいな」

ヴェルノは期待にキラキラとした目をキースに向ける。

それまで『つまみにもいいな』と言いながら食べる専門になっていたキースも、そう言われて嫌な気はしないらしい。

「……仕方ないなぁ」

そう言いつつもアランと交代すると、迷いのない手つきで作りはじめる。

さすがは王宮の元副料理長というべきか。リサやジークと同じくらい器用に千枚通しを操《あやつ》り、くるりくるりとひっくり返していく。

「わ！　キースさん上手！」

「ははは、ありがとな」

ヴェルノから尊敬の眼差しを向けられ、満更《まんざら》でもないらしい。キースは上機嫌でポルーボ焼きを作り上げていった。

その光景を微笑ましく眺めていたリサのもとに、オリヴィアとデリアがやってきた。

「楽しそうねぇ」

まるで親子のようなキースとヴェルノを見てオリヴィアが呟《つぶや》く。

「本当だね。あ、二人ともポルーボ焼きは食べた？」

「ええ、おいしいわ！」

リサの問いに、デリアが食べかけのポルーボ焼きがのったお皿を見せる。

「それならよかった」

「まさにスティルベンルテアにふさわしい料理ね」

デリアから思わぬことを言われて、リサはきょとんとした。

「え、どうして？　食べやすいし、みんなでシェアしやすいから？」

「それもあるけど、お母さんのお腹と赤ちゃんみたいじゃない？」

オリヴィアが「確かにそうね！」とデリアの意見に頷く。

「この丸い形がお母さんのお腹で、中のポルーボが赤ちゃんって考えると、ちょっと似てるんじゃないかしら」

オリヴィアの解説でようやくリサも理解できた。

「いやぁ、そんなに深く考えてなかったなぁ……」

「ふふ、まあちょっとこじつけっぽいかもしれないけど」

「でも言われてみるとそう思えてくるわ！」

デリアとオリヴィアの考えに、リサもなるほどと思う。リサがポルーボ焼きを作ろうと思ったのはそういう意図ではなかったけれど、言われてみれば、これほどスティルベンルテアにぴったりな料理もないような気がしてくる。

それに同調するようにお腹の赤ちゃんがポコンと動き、リサはなんだか嬉しくなってお腹にそっと手を当てた。

第十章　未来の予行練習です。

熱いポルーボ焼きをライラはハフハフと頬張《ほおば》る。ポルーボ焼きはおいしくて、一つ一つがそれほど大きくないから何個でも食べられそうだ。

もぐもぐと食べながら、このポルーボ焼きを作ってくれたリサに視線を向ける。

自分や兄のジークとは真逆とも言えるような黒い髪をしたリサ。初めて会った時はぺたんこだったお腹が、今はとても大きくなっている。

兄のジークがカフェで働くことになったきっかけはリサだったと、以前聞かされたことがある。ジークはライラへのお土産《みやげ》にと買ったクッキーを食べて、お菓子のおいしさに目覚めたのだ。

その時のクッキーは結局ジークが一人で食べ尽くしてしまったので、ライラの口には入らなかったのだが、今こうしてリサが義姉になったことを考えると、それも許せる気がする。

あの時のクッキーがきっかけで、ジークは騎士団をやめることになったけれど、その代わりとびっきりおいしいお菓子を作れるようになったのだ。

それに、このフェリフォミアで一番おいしい料理を作るリサと恋人になり、そして結婚してくれた。

初めて会った時から、リサはとてもチャーミングで優しくて、ライラは一目でリサのことが気に入った。

正直なところ、ジークのことは兄としては好きだけれど、もしも自分の恋人があんなに無口で無愛想だったら嫌だなぁとライラは思う。なので、そんなジークのことを好きになってくれて、結婚してくれたリサにはとても感謝している。

それにライラとしては、騎士団にいた頃のいかつくてお堅いジークより、カフェで働いて好きなお菓子を心置きなく作っているジークの方がいい。

騎士団の中ではかなり将来を嘱望《しょくぼう》されていたらしいが、ジークの人生はジーク自身のものだ。ジークが自分の意思で料理人になったことはとても素敵なことだと思う。親戚の中には、そのまま騎士を続けていたらよかったのに……なんて言う人もたまにいるけれど。

ライラの家は馬の卸売業《おろしうり》をしているため、騎士団とも商売上の繋がりがある。だからこそ、身内に騎士がいたらいいという考えなのかもしれないが、余計なお世話だ。

家族みんながカフェで働くジークのことを応援している。

「ねえ、ライラちゃん」

その声に振り向くと、ロレーナがいた。ライラより二つ年下の女の子で、カフェの従業員であるデリアの娘だ。

ロレーナとは今日初めて会ったが、すぐに仲良くなった。

次の秋には学院の初等科に入学するらしく、ヴェルノと共に初等科の話を聞きたがっていて、ライラは快く話してあげた。

末っ子のライラは妹や弟が欲しかったので、慕《した》ってくれる二人の存在はとても嬉しい。

ロレーナは一冊の本を胸に抱えていた。子供が遊ぶためのスペースに置いてあった本だ。

「あのね、この本を読みたいんだけど、わからない言葉があって……」

おずおずと聞いてくるロレーナに、ライラは笑顔で頷く。

「じゃあ一緒に読んでみよう！」

「本当!?」

ロレーナがぱあっと表情を明るくさせる。その反応にライラはますます嬉しくなった。お皿とカトラリーをテーブルに置くと、遊び用のスペースに移動する。

——妹がいたらこんな感じなのかな？

先を歩くロレーナを見ながらそんなことを考えていると、ふとあることに思い至った。

——リサちゃんとジーク兄の赤ちゃんが生まれたら、私ってある意味お姉ちゃんになるんじゃない!?

実際は叔母になるのだが、まだ十一歳なのだから姉のようなものだろう。是非お姉ちゃんと呼んでほしいとライラは思う。

生まれてくる赤ちゃんはリサに似てもジークに似ても可愛いはずだし、外見はどうあれ、二人の子供だというだけでライラにとっては大事であり、すでに思いっきり可愛がるつもりでいる。

自分が可愛がるだけじゃなく、赤ちゃんの方からもお姉ちゃんと慕《した》われるかもしれない……。そんな未来を思い描くと、赤ちゃんに会うのがこれまで以上に楽しみになってきた。

その時のために、今からお姉ちゃんになる練習をしておこう。

遊ぶためのスペースに着くと、そこでは数人の子供がおもちゃで遊んだり、本を読んだり、カードゲームをしたりしていた。

ライラが『スティルベンルテアに参加してみたいけど、大人だけの会では気後れしてしまう』と言ったことがきっかけで、リサがこのスペースを用意してくれたのだ。

たまにここで遊んでいる子供の親たちが様子を見に来るが、楽しく遊んでいる子供の姿を見て、安心したように戻っていく。

おいしい料理を食べて、このスペースで遊ぶ。

子供にとっても楽しい会になっていて、それを考えてくれたリサの気持ちがライラは嬉しかった。

「ライラちゃん、ここなんだけど」

ふかふかのラグの上に置かれたクッションに隣り合って座り、ロレーナは本を広げてわからないところを指でさす。

「これはね――」

ライラは優しく教えてあげながら、もしもこれから生まれてくる赤ちゃんが何か聞いてきた時は同じように教えてあげようと思うのだった。

第十一章　いい思い出です。

　ポルーボ焼きで盛り上がったあとも、リサのもとには入れ替わり立ち替わり招待客が訪れていた。

「リサちゃん～」

　ギルフォードの声に振り返る。彼が伴《ともな》ってきた二人の人物を見てリサは笑みを浮かべた。

「ロイズさんにロロさん！」

「お久しぶりですね、リサ嬢。スティルベンルテアにご招待いただきありがとうございます」

　そう言って丁寧に礼をしてくれたのは、ギルフォードの友人であるロイズだ。

　彼は王宮で文官省の長官を務めていて、何かと忙しいのだが、友人に孫が生まれると聞いて時間を空けてくれたらしい。

　そしてもう一人。

「僕もご招待くださってありがとうございます」

ぺこりと頭を下げてくれたのは、ヘレナやアランと同年代の青年だ。彼はロロ・ミレン。ギルフォードの弟子である。魔術師省でギルフォードの部下として仕事をしている。

「ロロさんもロイズさんもお久しぶりです」

二人とはギルフォードを通じて知り合い、この世界に来てすぐの頃から何かと交流があった。

「今日出されている料理も見事ですね。いろいろ食べさせてもらいましたが、どれもおいしかったです」

「お口に合ってよかったです」

ロイズから料理の感想を聞いて、リサはお礼を言う。お昼ということもあって、お酒の出ない会だが、純粋に料理を楽しんでもらえているようでホッとする。

ロイズと会話をしていたら、その隣にいるロロがなんだかソワソワしはじめた。何かと思ってリサが視線を向けると、ロロは「あの！」と口を開く。

「お師匠様から聞いたんですが、リサ嬢の精霊はお腹の赤ちゃんと意思疎通できるって本当ですか!?」

どうやらバジルと赤ちゃんが会話のようなものをしていると知り、それが本当かどうか聞きたかったらしい。

自分の話題が出たからか、近くのテーブルでポルーボ焼きを食べていたバジルが飛んでくる。

「本当ですよ！　バジル、赤ちゃんとお話しできるんですから！」

リサが答える前に、バジルがそう言って得意げに胸を張った。

「おお……！」

ロロは目を輝かせる。基本的に精霊は嘘を吐《つ》かないので、本当のことだと理解したのだろう。

ギルフォードが少し呆れた目で彼を見る。

「ロロくん、気になるのはわかるけど、今日くらい魔術や精霊のことから離れてスティルベンルテアを楽しみなよ……」

師匠に言われて、ロロはハッとした顔をした。

「ごめんなさい！　どうしても気になってしまって……」

そんなロロにリサはクスリと笑う。ギルフォードが以前『ロロくんはどうも魔術に関することになると真面目すぎるんだよなぁ』とこぼしていた。

正直、少しサボり癖のあるギルフォードにはぴったりの弟子だとリサは思ったものだ。

「ふふ、大丈夫ですよ。……でも、私が寝ている間のことなので、実際の様子はよくわからないんですよね。お腹が光るらしいんですが、私には見えないので……」

「それは興味深いですね……」

ロロは顎《あご》に手を当てて、リサのお腹をじっと見つめている。両肩には彼の精霊がそれぞれ乗っていて、一緒に見つめていた。

リサに代わって、バジルが説明してくれる。ロロは感心した様子でそれを聞いていた。真剣な顔で聞いてもらえてバジルも嬉しいのか、身振り手振りを交えながら熱心に語っている。

ロロの相手はバジルに任せることにして、リサはロイズに視線を向けた。

「ロイズさん、いつも料理科のことでいろいろ助けていただきありがとうございます」

文官省の長であるロイズは、国立の学校である学院の料理科についても、日頃から何かと動いてくれている。

今リサは料理科の講師業をお休みしていて、ロイズと直接会う機会もなかなかないので、改めてお礼を言いたかった。

「いえ、こちらこそリサ嬢にはたくさんご協力いただいてますので、お礼を言うべきなのはこちらですよ」

ロイズの言葉に、ギルフォードが深く頷いた。

「本当にそうだよ！　思えば王宮会談の時の料理指導からはじまって、料理科の設立だなんだってリサちゃんにばっかり押しつけて……」

ギルフォードはじとっとした目をロイズに向けた。けれど、リサは懐かしい記憶を思い出す。

「王宮会談！　懐かしいですね」

この世界に来てカフェを開店したばかりの頃、ロイズからの依頼で王宮の料理人を指導することになった。

だが厨房《ちゅうぼう》で働く全員にそっぽを向かれ、急遽《きゅうきょ》マキニス料理長と料理対決をすることになったのだ。

予想外の展開だったけれど、あれがあったからこそマキニスやキースとも出会えた。

「あの時は大変でしたけど、今になるとすごくいい経験だったなって思います。もちろん料理科を設立できたことも」

リサの言葉に、ロイズは眼鏡の奥の目を細める。

「そう言ってもらえて嬉しいです。リサ嬢のお力がなければ、今のフェリフォミアはなかったと思っていますよ」

「そんな大げさな……」

「いえ、本当ですよ。リサ嬢の作る料理がいろんなことをいい方向に変えていった。それは確信を持って言えます」

「……みんながよりおいしいものを食べられるようになったらいいなぁって、ただそれだけを願ってきました。それが今、叶っていて私こそ嬉しいんです。その機会をくれたロイズさんにはとても感謝してるんですよ。でも、これまでしてきたことのどれもが私一人じゃできなかったことですから」

カフェを開いて、王宮に料理指導に行って、料理科を創設して。

そのどれもが一人で成し遂げたことではない。

カフェのメンバーや、王宮の料理人、料理科の講師たち。さらに言えばクロード家の人たちや、王宮で働く人たち、王都の人々など、たくさんの人が協力してくれた。

リサはただおいしいものが食べたくて、それを他の人にも食べてほしいという理由で頑張っていたに過ぎない。

そして、協力してくれた人の中にはロイズだっているのだ。

「じゃあ、おあいこですね」

「そうですね」

ロイズの言葉にリサは笑って頷く。

きっとロイズとはこれからも持ちつ持たれつの関係になるだろうと思っていた。ギルフォードはあまりいい顔をしないけれど、それでも最後には絶対に応援してくれると知っている。

お腹の子が生まれて物心がつく頃には、もっともっとおいしいものが増えていたらいいなと思いながら、リサはロイズたちと思い出話に花を咲かせた。

第十二章　悩みがあるようです。

「リサ先生～！」

ギルフォードがロロとロイズを連れて離れていったあと、見慣れた顔が三つ並んでこちらにやってくるのが見えた。

「ハウルくんも来れたんだね。いらっしゃい」

カフェの常連で料理科では教え子だった、ルトヴィアス、アメリア、ハウルの仲良し三人組が揃《そろ》っている。朝から仕事に出ていたハウルも遅れて到着したようだ。

「リサ先生、遅れてすみません。スティルベンルテアおめでとうございます」

「ありがとう！　ハウルくんと会うのは久々だね」

同じ店で働いているルトヴィアスや、取引先のアシュリー商会で働いているアメリアとは、たびたび顔を合わせている。だが、王宮の厨房《ちゅうぼう》で働いているハウルだけは会う機会がなかった。彼が料理科を卒業して以来だろう。

「どう？　王宮の厨房《ちゅうぼう》は。どこの部門に所属するかは決まった？」

リサはきっと『大変ですけど、楽しいです』といったような言葉が返ってくると思っていた。

しかし、ハウルの反応は予想とは違った。

「……えっと、いろいろやらせてもらってるんですが……」

そこまで言って、ハウルはハッとしたように口を噤む。そして、取り繕《つくろ》ったように笑みを浮かべた。

「毎日たくさんの数を作らなければならないので大変ですけど、そのぶん経験を積ませてもらっています」

とても優等生らしい言葉が返ってきて、リサは『おや？』と思う。

そう思ったのはリサだけじゃなかったらしい。

「おいハウル、王宮で何かあったのか？」

ルトヴィアスが怪訝な顔で問いかける。アメリアも心配するような視線を向けていた。仲がいいだけに、ハウルの様子がおかしいことにもすぐ気付いたようだ。

ハウルは少し迷うような素振りを見せてから、はぁとため息を吐《つ》く。

隠しても無駄だと思ったのか、降参するかのように苦笑した。

「実はまだ部門が決まってなくて……。一緒に王宮に入ったウィリスはもう部門が決まったから、ちょっと焦ってるっていうか……」

「そうか。王宮の厨房《ちゅうぼう》に馴染《なじ》めてないとか、そういうわけじゃないんだな」

ルトヴィアスの言葉に、ハウルは慌てて両手を振る。

「そうじゃないよ！　料理科よりもすごく厳しいけど、先輩たちは気さくで頼りになるし、いろいろ勉強させてもらってるよ！」

「よかった～！　ハウルがいじめられてたらどうしようって思ったもん」

アメリアがそう言うと、ハウルは苦笑する。

「いじめなんかないって。怒られることはあるけど、ちゃんと理由があってのことだし」

料理科とは違い、毎日が真剣勝負である王宮の厨房《ちゅうぼう》は厳しい職場だろう。けれどその中でもハウルなりに頑張っているのだと思う。

——でも部門が決まってないのは何か理由があるのかな？

ハウルと同じく王宮の厨房《ちゅうぼう》に進んだウィリスは部門が決まったという。それなのにハウルが決まっていないということは、料理長であるマキニスに何か考えがあるのかもしれない。

ルトヴィアスたち料理科の一期生が卒業して半年が経つ。夏休みがあったので、仕事がはじまってからはまだ数ヶ月というところだが、そろそろ卒業生たちの職場での様子を調べた方がいいかもしれないとリサは思う。

学院の役目は生徒の教育だけじゃない。就職先の斡旋《あっせん》も大事な仕事だ。

料理科は国内外から注目される中で設立しただけあって、一期生が卒業する時はたくさんの就職先から『是非うちに！』と手が挙がった。

卒業生たちは、その多くの選択肢から自分の好きな道を選び、就職するような状態だったのだ。

それぞれいろんな就職先に彼らは進んでいった。

だが料理科を卒業していく生徒はこれからも増え続ける。

だからこそ、卒業生がその後しっかりと働けているかどうかを知ることは、これから先の料理科にとって大事なことだ。

一期生が就職先でどのように仕事をしているかは、これから卒業していく生徒からすると進路を選ぶ参考にもなるし、また講師陣からすると進路に悩んでいる生徒に対してアドバイスもできる。

――一度キースくんやジークとも相談してみよう！

最も順調そうだと思っていたハウルが、意外にもそうではなかったこと。

それは卒業生たちのその後を調べるいいきっかけになった。ハウルには悪いが、それに気付くことができてよかったと思う。

「そうだ、リサ先生」

「ん？　なぁに？」

ハウルから呼ばれたリサは、考えるのをやめて彼に視線を向ける。ハウルは少しためらうような素振りを見せつつ、口を開いた。

「あの、近々フェリフォミアに国賓《こくひん》の方がいらっしゃるらしいんです。それで今は王宮の厨房《ちゅうぼう》を挙げて、その時の献立《こんだて》を考えているんですけど……ポルーボ焼きを提案してみてもいいですか？」

「うんいいよ。ポルーボ焼きは専用のプレートが必要だけど、この機会に王宮でも作ってもらうといいかもしれないね」

リサの返事にハウルはホッとした様子を見せる。

部門が決まっていないこともあり、ハウルとしては何か役に立ちたいと思う気持ちがあるのだろう。

そんなハウルの背中をルトヴィアスがバシッと叩いた。

「俺がポルーボ焼きの作り方を見せてやるよ！　ハウルは遅れてきたから、見れなかっただろ？」

そう言って、ルトヴィアスはポルーボ焼きのプレートがある方にハウルを誘う。

「ルトにしては上手だったんだよ」

「俺にしてはって、どういう意味だよ、アメリア」

アメリアの発言にルトヴィアスがムッとした顔で返す。その様子を見てハウルはクスクス笑った。

「ルトは昔から器用だったもんね。作ってるところ見せてほしいな」

ハウルがフォローするように言うと、ルトヴィアスは機嫌を直して「いいぜ！」と笑顔を見せる。

学院時代に戻ったような三人のやりとりを、リサは微笑ましく眺めた。

その後もリサのもとにはひっきりなしに招待客が訪れた。祝福の言葉に加え、子育て経験者からはいろいろな話を聞くことができた。どれも有意義な話ばかりで聞き足りないくらいだ。

リサにとっては馴染《なじ》みがない風習であり、実際に開く前は不安でいっぱいだったスティルベンルテア。だが、終わってみると実に楽しいひとときであった。

第十三章　卒業生のその後を確認します。

スティルベンルテアが終わった。

リサは出産の準備をある程度整え、少し時間ができたので、卒業生のその後を調べはじめた。ジークとキースにはあらかじめ相談し、産休中ではあるが特別に任せてもらっている。

それに調べると言っても、そう難しいことではない。

卒業生の就職先と本人に手紙を書くだけだ。

料理科を卒業した一期生は全部で二十名。学院にある他の学科に比べたら人数は少ないけれど、その一つ一つの職場を訪ねていくのは難しい。

王都だけならば不可能ではないが、中には遠い土地に就職した卒業生もいる。身重のリサに長旅は厳しいし、かといって他の講師たちには授業があるため、そんな時間はない。

そこで手紙という手段で様子を知ろうと考えた。

手紙を書くことならばリサにもできる。

卒業生の名簿を元に、就職先に宛てた手紙をしたためる。本人宛ての手紙もあるので、合計三十八通もの手紙を数日かけて書き上げた。

なぜ四十通ではなく三十八通なのかといえば、まず卒業生の一人であるルトヴィアスの就職先はカフェ・おむすびだ。手紙を書いても受け取るのはリサ本人かジークなのだから出す意味がない。

また、王宮の厨房《ちゅうぼう》にはハウルとウィリスの二人が就職している。宛先は一緒なので二人分をまとめて一通にしたのである。

ちなみにルトヴィアス宛ての手紙は書くかどうか迷ったが、一人だけに送らないのも可哀想だと思って送ることにした。返事は手紙でも口頭でも構わないと書いてある。

手紙を出して数日後。ちらほらと返事が届きはじめた。

やはり早いのはフェリフォミア王都内からの返信だ。

その中の一通を手に取り、リサは手紙の封を開けた。そこに並んでいる字は何度か見たことがある。マキニス料理長の字だ。

そう、それはハウルたちの就職先である王宮の厨房《ちゅうぼう》からのもの。季節の挨拶からはじまった手紙には、リサの体を気遣う言葉が綴《つづ》ってあった。

そのあとに、職場でのハウルとウィリスの様子が記《しる》されている。

『まずウィリスに関しては、スープ部門に配属になった。本人の強い希望と適性を考えて決定したが、先輩からいろいろと教わって着実に腕を上げている』

ウィリスは料理科の頃から煮込み料理が得意だったので、本人が希望したというのも頷ける。そんなウィリスにスープ部門はとても合っていると思う。

自分から積極的に動くより、人の動きを見てサポートするタイプのウィリス。猛者揃《もさぞろ》いの王宮で上手くやっていけるか心配だったが、この様子だと大丈夫そうだ。

ウィリス本人からの手紙も届いている。封を開けてみると、スープ部門に配属されて大変だけれど充実しているという内容が書かれていた。

おそらくウィリスに関しては問題ないだろう。

一方、ハウルはというと――

『ハウルの配属はまだ考え中だ。本人が希望する部門も特になく、また、なんでもそつなくこなすので、何が最も得意なのかを見極めている』

マキニスの考えに、リサはなるほどと思った。

ハウルは料理科の頃から、どんな料理を作らせてもそつなくこなしていた。これといって苦手な料理もなかった覚えがある。

そんなハウルの腕前を見て、マキニスも配属先を決めかねているようだ。

ハウル本人に特別希望する部門がないこともまた、マキニスを悩ませているらしい。

さらに手紙にはこうも記《しる》されていた。

『ハウルはこのまま特定の部門に配属しない、ということも考えている。一つの部門に特化させるより、いろんな料理を満遍《まんべん》なく作れるようにした方が、ハウルのためになるかもしれない。料理の腕もあるが、何より人をまとめる力がある。さらに視野が広く、周りの状況も見られるハウルには、部門長や副料理長、いずれは料理長にさえなりうるだろう素質を感じている』

その言葉にはリサも深く頷いた。

料理科の頃から、ハウルはクラスの意見を取りまとめることが多かった。ムードメーカーとしての素質はルトヴィアスやアメリアの方が上だと思うが、人をまとめる力はハウルの方が上だとリサは感じている。

さらに視野が広く、細かいことにもよく気が付いていた。何をするにも要領のいい印象があり、入学当初から周りより頭一つ抜きん出ていたのだ。

そういった特徴を持つハウルは、長になるべき器《うつわ》だと思う。手紙の文面からはマキニスがハウルにとても期待していることが窺《うかが》えた。

——でも、それはハウルくんには伝わってないいんだろうなぁ……

リサは先日のスティルベンルテアで見たハウルの浮かない表情を思い出した。

自分の教え子であるハウルを高く評価してもらえるのは、講師としてとても誇らしい。しかし、ハウルが咄嗟《とっさ》に隠そうとしたあの憂《うれ》い顔を見てしまったら、どうも今のままではダメなような気がしている。

とはいえ、職場の方針にくちばしを突っ込むのはよくないいし、ハウル自身が乗り越えなければいけない壁もあるだろう。

悩みながらもリサは、まだ続くマキニスの手紙に視線を戻した。

『最後に別件になるが、近々国賓《こくひん》をお迎えする際の献立《こんだて》を考えている。ただ、その国賓《こくひん》は口にできる食材が限られているため、少し行き詰まっている。できればその件で相談に乗ってもらいたい』

そう手紙は締めくくられていた。

「ハウルくんの言っていた件ね」

スティルベンルテアの時、ハウルは献立《こんだて》を考えているとしか言っていなかった。しかし、マキニスの手紙にある『国賓《こくひん》は口にできる食材が限られている』というのがリサは引っかかった。

――食物アレルギーでもあるのかな？　この世界にもアレルギーっていう概念があるのかどうかはわからないけど……

今のリサは身重ではあるが、時間はあり余っている。レシピの相談を受ける程度ならば協力できるだろう。

「王宮の厨房《ちゅうぼう》にもだいぶ長く顔を出してないし、ハウルくんのことも気になるから一度訪ねてみようかなぁ」

リサはそう思うなり、新しい便箋《びんせん》を取り出す。そして再びマキニスに宛てた手紙を書くのだった。

マキニスからはすぐに返事が来た。それを読んでリサは思う。

「やっぱり王宮に行こう」

レシピのやりとりならば手紙でもできないことはないが、時間がかかる上に、文字だけでは伝わらないこともある。

「ねえ、ジーク。私、近々王宮に行ってくるね」

仕事から帰ってきたジークを部屋で迎えながらリサは言った。

「王宮って、例の国賓《こくひん》の件か？」

「そう。あとハウルくんとウィリスくんの様子も見たいし」

「二人のことは手紙で返事があっただろう？」

「ウィリスくんは順調そうだけど、ハウルくんは少し気になるんだよね。たぶん今後も王宮の厨房《ちゅうぼう》に就職する子はたくさんいると思うから、これからのことも含めてマキニス料理長と直接話してきたいなって思ってるんだ」

「確かにそうだな。今は料理科の講師も王宮の厨房《ちゅうぼう》にいた料理人が多いから、生徒たちへの影響も大きいだろうし、採用人数を考えても一番多いのが王宮だしな」

ジークの言う通り、今料理科で授業を教えてくれている講師は、王宮の厨房《ちゅうぼう》出身者が多い。確かな料理の技術がある上に、人を指導できるほどの人材となると、王宮の厨房《ちゅうぼう》以外で見つけるのはなかなか難しいのだ。

だからリサたちは、これまで何人もの料理人を引き抜いてきた。もちろん王宮の厨房《ちゅうぼう》を一時的に人手不足にさせてしまうことにはなるが、料理科で基礎を教わった卒業生たちが将来入ってくると思えば、王宮側にとっても悪くない話だった。

そうして引き抜かれた講師たちから、実際の現場の話を聞けるとなれば、生徒たちもおのずと興味を持つ。王宮の厨房《ちゅうぼう》を将来の進路として考えるのも自然な流れだ。

また、一期生の中にはいなかったが、将来、料理科の講師になりたいという生徒も出てくるかもしれない。そうなった場合、まったく現場経験がない卒業生を講師にするのは難しい。王宮の厨房《ちゅうぼう》で経験を積んでから講師に……というのが一番の近道になるだろう。

そういったことを考えると、王宮の厨房《ちゅうぼう》と料理科は切っても切れない関係だ。

その王宮の厨房《ちゅうぼう》に進んだ卒業生の様子を確認するのは、料理科の将来を考えても重要なことだった。

やはりはじめが肝心。受け入れる王宮の厨房《ちゅうぼう》側も、そして卒業生を送り出す料理科側も、お互いの考えに齟齬《そご》があると今後に影響が出てしまう。

だから、もしもハウルが自分自身で解決できないことで悩んでいるのであれば、リサも現状をよく知っておきたいと思った。

「王宮に行くのはいいが、今は妊婦なんだ。くれぐれも気を付けるんだぞ」

「うん。何かあればマキニス料理長にも迷惑がかかるし、無理しないようにする」

さすがにリサも自分の体のことはわかっている。かといって、多忙なマキニスを屋敷に呼んで話をするのは気が引けた。

馬車を使えば王宮までの移動は楽だし、そこから厨房《ちゅうぼう》へ歩くくらいならば今のリサでもまったく問題はない。

ジークにも話して了解を取ったことで、リサの王宮訪問は決まった。

第十四章　王宮の厨房《ちゅうぼう》を訪ねました。

約束の当日。リサは馬車で王宮に向かっていた。

久しぶりの外出だからか、精霊のバジルは馬車から外を眺めては楽しそうにしている。

スティルベンルテアのおかげで、いろんな人に会う機会はあったものの、カフェと料理科の仕事をお休みしてからはめったに外に出ることがなくなった。

散歩くらいはしているがクロード家の敷地は広いため、家の周りを歩けば事足りてしまう。

そうした事情もあり、今日はいい気分転換にもなりそうで、リサは少しワクワクした。

王宮の敷地に入ると、厨房《ちゅうぼう》に近いところで馬車を降りる。そこからは少しだけ歩かなければならない。建物内にも要所要所に騎士が立っているので、あらかじめ発行されている証書を提示しつつ厨房《ちゅうぼう》に向かう。

以前来た時と変わらない廊下を進んでいると、次第に賑《にぎ》やかになってくる。

調理器具が立てる音や、食材が焼ける音。そして、人の声。

どれも聞こえてくるのは厨房《ちゅうぼう》からだった。

今の時間帯は、昼食作りが佳境を迎えているのだろう。いつにも増してひときわ賑《にぎ》やかな様子だ。

お腹が大きくなってからは早く歩けないので、時間に余裕を持ってきたのだが、少し早すぎたかもしれないとリサは思った。

マキニスの手が空いてないなら待とうと思いながら、厨房《ちゅうぼう》の中を覗く。そこは慌ただしく働いている料理人たちでいっぱいだった。

その中にウィリスの姿を見つける。

ウィリスは手紙にあった通りスープ部門にいて、先輩から何か教わっている最中のようだ。肝心のスープの方はすでにできあがっているのか、彼らの周辺では片付けがはじまっていた。

ハウルを探してみると、彼もいた。どうやらメインディッシュの方に駆り出されているらしい。左右に持ち手がついた大きなお皿に、盛りつけを行っていた。

「あれ？　リサ嬢？　そんなところでどうしたんですか？」

入口から中を覗いていたリサに、近くにいた料理人が声をかけてくる。

「マキニス料理長と約束をしてるんですけど、早く来すぎちゃって……」

「そうなんですね。そろそろ手が空くと思いますんで、呼んできますよ」

そう言って、彼はマキニスのところへ向かった。そして返事を聞いて戻ってくる。

「すぐ終わるんで、隣の部屋で待っていてほしいそうです」

「ありがとう。そうさせてもらいますね」

リサは料理人にお礼を言うと、厨房《ちゅうぼう》の隣にある小さな部屋へ向かった。何度か訪れたことのあるその部屋に、リサは念のため「失礼しまーす」と断ってから入室した。

ここは厨房《ちゅうぼう》の事務所で、中は無人だった。

よく言えば機能的、率直に言えば簡素なデザインのテーブルセットが部屋の中央にある。その椅子の一つにリサは腰を下ろした。

王宮の厨房《ちゅうぼう》にも事務仕事はある。たとえば食材の発注や、経費の計算、献立《こんだて》の計画など。

組織の一部である以上、当然予算もあるし、何にいくら使ったかの報告義務もある。

さらにこの部屋は資料室も兼ねていた。

過去にどんな料理を出したかの記録や、参考文献などが揃《そろ》っている。リサがアシュリー商会から出しているレシピ集もあった。

部屋はお世辞にも整っているとは言えず、雑然としている。来週以降の献立《こんだて》を考えている最中なのか、書きかけの紙がテーブルの上に放置されていた。

リサはそれを手に取って眺める。

——来週はカレーの日があるのか……。これってスープ部門が作るのかな？　それともメインの部門が作るのかな？

カレーは汁物とも言えるけれど、料理としてはメインだしなぁ、などと考えていたら、部屋のドアが開いた。

「リサ嬢、待たせたな」

やってきたのはマキニス料理長だった。

「私こそ早く来ちゃってすみません」

立ち上がろうとしたリサを手で制して、マキニスは向かい側に座る。

「わざわざ来てもらってすまんな。体の方は大丈夫か？」

「はい！　お腹の子も私もすこぶる元気です」

「そうか、それならよかった」

マキニスは安堵した様子で頬を緩める。

先日行ったスティルベンルテアにはマキニスも招待していたのだが、彼は仕事が忙しくて来られなかった。けれど、こうして久しぶりに顔を合わせる機会ができて、リサは嬉しく思っていた。

「国賓《こくひん》の方に出す料理の件、その後どうなりました？」

「ああ、念のためことのあらましから話しておこう」

そう言って、マキニスは話し出した。

「今回やってくる国賓《こくひん》というのは、フェリフォミアからかなり北に行ったところにある正神殿の神官だ」

「正神殿って、女神様を奉《たてまつ》っているところですよね？」

「そうだ。なんでも神殿長が代替わりするらしく、その挨拶を兼ねて各国を回っているようなんだ」

このフェリフォミアでも同じ宗教が信じられている。この世界を作った創造主である女神様を崇《あが》めるものだ。

正神殿はその総本山というべき場所である。

「正神殿の神官たちは、月に数日ある決められた日以外は肉や魚を食べられないんだ。フェリフォミアに滞在する日は、食べられない日に当たる」

「そういうことだったんですね」

アレルギーなどではなく、宗教上の理由で肉食が禁止されているのかと、リサはようやく理解した。

「そこで肉や魚を使わない料理を考えているんだが、これがどうにも難しくてな……。味がダメなわけじゃないんだが、満足感に欠けるっていうか、食べた気がしないっていうか……」

マキニスの言いたいことがなんとなくわかってリサは苦笑する。普段、肉や魚をメインに食べている人が野菜だけを使った食事に切り替えたら、物足りなくなるのは当然のことだろう。

――この世界でベジタリアンの人にはまだ会ったことがないし、献立《こんだて》に困るのもわかるね。

リサは納得しつつ、マキニスに確認した。

「要は動物系の食材を使ったらダメってことですよね？」

「そうだ。肉や魚はもちろんだが、卵もダメだな」

卵もダメとなると、使える食材はかなり限られる。リサの元の世界でいうヴィーガン料理や精進料理と同じように考えた方がいいようだ。

「わかりました。思い当たるレシピがいくつかあるので、協力できると思います。私もちゃんと作ったことがないので、試行錯誤《しこうさくご》することにはなるでしょうけど……」

「本当か！　助かるよ。正直、身重のリサ嬢に頼っていいものかどうか悩んだんだが……」

「いやぁ、ちょうど暇を持て余していたので、お手伝いできて嬉しいですよ」

「くれぐれも無理しないでくれよ」

「それは主人からも言われてますから、大丈夫です」

「だろうな」

マキニスはちょっと呆れたような視線を向けてくる。何かにつけてすぐ無理をしがちなリサと、そばでハラハラするジークの姿が想像できたようだ。

リサは少しばつの悪さを感じつつ、ふと疑問に思っていたことを口に出した。

「ところで、ちょっと気になったんですけど、正神殿の方が来られるのは初めてじゃないですよね？　過去に正神殿の方がいらした時は、どんな料理を出してたんですか？」

「それも調べてみたんだが、最後に来たのは二十年ほど前らしい。その時は正神殿側からレシピをもらって作ったみたいだな」

「今回はそうしないんですか？」

「なんでも向こうから要望があったらしい。できれば新しい料理が食べてみたいってな。それでよさそうなものがあれば、普段の食事に取り入れたいそうだ」

「それはなんとも……」

「ここ数年のフェリフォミアの料理の進歩を見て期待してくれてるんだろうけどなぁ。こっちはそう簡単にいかねえってんだ……」

フェリフォミアの料理に期待をしてくれるのは嬉しい。リサとしてもこれまで食文化の水準を上げようと努力してきたし、その結果が出ていることについては、純粋によかったと思う。

でも、こうして難題を押しつけられるのには少し思うところもあった。

もちろん、国としてもてなさないわけにはいかないし、期待に応えなければならない。しかしながら、王宮の料理人というのは大人数のための料理を効率よく、組織立って作るのに特化している集団だ。

毎回作る料理の数が百食単位だから分担が必要で、それぞれ専門の部門に所属し、一つの料理を集中して作っている。

決められた料理を決められた時間内に作る。それが彼らの得意とするところだが、逆を言うと、新しい料理を考えるということがあまり得意ではないのだ。

それはマキニスも同様だ。ある程度の応用はできるし、調理技術も一流だが、これまでやってこなかったことをやろうとしてもできないのは当然だ。

本来なら、王宮のことは王宮で……と言いたいところだけれど、マキニス料理長にも王宮の厨房《ちゅうぼう》にも、これまで幾度となくお世話になっている。

それだけでなく、この世界に新しい料理を広めたことへの責任をリサは感じていた。

このフェリフォミアという国において、今や料理というものが国の名物になりつつあって、その発端《ほったん》は自分だとリサは少なからず自覚している。

だから、マキニスに協力するのは当然のことだと思っているし、放ってはおけなかった。

ただ、懸念《けねん》すべきは自分の体のことだ。

「レシピを考えるくらいは大丈夫なんですが、この体じゃ試作は少し難しくなってきちゃって……。別にできなくもないんですけどね」

「そこは心配しないでくれ。試作はうちの料理人にやらせればいい」

「それは助かります。その人に作り方を覚えてもらえば、私があとで指導する手間も省けますね」

「うん、そうだな。だが誰をつけるべきか……」

マキニスは人選に悩み出す。いろんな料理の試作をするとなると、オールマイティーにできる人でなければならない。

だが王宮の料理人はそれぞれの部門に特化している。部門をいくつか経験している人材となると、副料理長以上でなければ難しいだろう。

「副料理長をつけてやりたいが、抜けられるとこっちが厳しいんだよなぁ」

険しい顔で頭を悩ませるマキニス。

国賓《こくひん》をもてなす料理はもちろん大事だ。しかし、王族や王宮で働く職員の日々の料理を作ることも、とても大事な仕事なのだ。

うんうんと悩んでいたマキニスだが、ふと何か思いついたように顔を上げた。

「そうだ、ハウルをつけよう」

「え、ハウルくんですか？」

「ああ。ハウルなら抜けてもそれほど支障はないし、何より料理科を出たんだから、リサ嬢のやり方にも慣れてるだろう。これといって苦手な料理もないようだし、まだ新人だということに目をつぶれば、これ以上の適任はいないはずだ」

「確かにそうですね！　できれば献立《こんだて》も一緒に考えてもらいたいですし！」

リサとしてもハウルなら気心が知れているし、料理科で指導してきた分、彼の技術についてもある程度わかっている。

それに、一緒に献立《こんだて》を考えればハウルの様子がわかる。何に思い悩んでいるかも知ることができるかもしれない。

「ハウルくんさえよければ、試作の手伝いをしてほしいです」

「おし、決まりだな」

そう言ってマキニスは立ち上がる。ドアを開けて部屋の外に顔を出すと、ちょうど通りかかったらしい料理人に「すまねえが、ハウルを呼んできてもらえるか」と頼んだ。

ハウルと料理をするのも久しぶりだ。彼が料理科を卒業して以来になる。

料理科でのハウルは活発に意見を出すタイプではなかった。そういうのはアメリアやルトヴィアスの方が得意で、ハウルはどちらかというと周りの考えを汲《く》んで取りまとめる立場にいることが多かった。

だが今回はアメリアやルトヴィアスがいない。ハウル一人だとどんな感じなのだろうか。

彼の新しい一面が知れるような予感がして、リサは期待に心がソワソワとしていた。

第十五章　助手を頼まれました。

「おーい、ハウルー」

昼食の調理が終わり、休憩に入ろうとしていたハウルは、先輩に呼び止められた。

「なんですか？」

「料理長が呼んでるぞ」

「料理長が？　なぜ僕を？」

「なんの用かはわかんないけど事務室に来いってさ」

「はい、わかりました……」

ハウルは首を傾げつつも事務室へ向かった。料理長から直々《じきじき》に呼び出されることなんてそうそうない。

――もしかしたら配属先の部門が決まったのかな……！

ハウルはまだ特定の部門に所属していない。ハウルと同じく料理科を卒業したウィリスが先日スープ部門に配属されただけに、焦る気持ちがあった。

料理科にいる時、ハウルには不得意な料理は特になかった。何を作っても一定の水準でできることは、いいことだと思っていた。

もちろんいいことには変わりないのだが、それは逆を言えば、飛び抜けて得意な料理もないということなのだ。

ハウル自身も王宮の厨房《ちゅうぼう》に進みたいとは思っていたけれど、これといってやりたい料理のジャンルがあるわけでもなかった。むしろ王宮ではいろんな料理を作っているから、得意な料理があるよりも苦手な料理がない方がいいと考えていた。

しかし、今になってそれが裏目に出ている気がする。

王宮の厨房《ちゅうぼう》で働き出して三ヶ月ほど経った頃、ハウルはウィリスと共に料理長に呼ばれた。その時、どの部門に配属されたいか希望を聞かれたのだ。

スープ部門を希望するウィリスに対して、ハウルはこう答えた。

どの部門でも構いません、と。

すると料理長は悩みはじめた。人数の関係や本人の適性によって振り分けられるので、必ずしも希望が叶うわけではない。

けれど、ウィリスはスープ部門に配属され、そしてハウルに関しては保留となった。

ハウルはそれがショックだった。どの部門に行っても上手くやれる自信はあったのだ。

なのにどこにも配属されないなんて……

正直なところ、ウィリスに負けたような気がした。

いや、ハウル自身もわかっている。

ウィリスは料理科の時から煮込み料理が好きだった。カレーやシチュー、おでんやスープが実習のテーマになった時は、人一倍張り切っていたものだ。

一度、なぜ煮込み料理が好きなのかと聞いてみたことがあった。

『具材や調味料がどんどん調和してお互いを引き立て合っていくのが面白いし、煮込む時間によってそれがさらに変化するのが楽しいよ』

ウィリスはそう言って笑っていた。そして、コトコトと音を立てて鍋の中身が煮込まれ、その度に揺れ動く具材の様子を飽きもせず眺めていた。

そんなウィリスが王宮の厨房《ちゅうぼう》を志望したのも、ハウルにとっては意外だった。ウィリスは割と大人しい性格で、自分からぐいぐい積極的に行くようなタイプではない。

王宮の厨房《ちゅうぼう》といえば、厳しいことで有名だし、料理科の講師たちも『勉強にはなるが、そのぶん揉まれる覚悟も必要だ』とことあるごとに言っていた。

ハウル自身は料理科に入る前から王宮の厨房《ちゅうぼう》に行きたいと思っていたが、ウィリスがなんで同じ道を志望したのか不思議だったのだ。

だから聞いてみると、答えは割と単純なものだった。

『え？　だって王宮に行けば大きな鍋で煮込んでるところが見れるでしょ？　一度にいっぱい作るとおいしいだろうし、見てみたいなと思って』

あっけらかんと笑うウィリスに、ハウルは肩の力が抜けた。もっと確固たる決意があるものと思っていたのだ。

志望の理由は人それぞれだから、ハウルがそれを否定することはない。けれど、そのような気持ちでやっていけるのかなとハウルは他人事ながら不安になった。

しかし、実際はどうだろう。

希望したスープ部門に見事配属されたウィリスは、とても楽しそうにやっている。煮込み料理ひとすじなところがかえって先輩料理人たちに気に入られ、可愛がられているように見えた。

一方、自分は……とハウルは我が身を振り返る。

配属が保留になったハウルは、日によっていろんな部門を転々としていた。人数が足りない部門の手伝いをさせられたり、凝《こ》った料理をする部門の補充要員として当てられることが多い。

いろんな部門を回るのは、様々なジャンルの料理に関われるので勉強にはなる。先輩たちも助っ人として来るハウルのことを重宝《ちょうほう》してくれるから、肩身が狭いと感じたことはない。

……でも、自分だけどこにも所属していないことに劣等感も覚えていた。一人だけ足元がふわふわしているみたいで不安だった。

だから、今回料理長から声がかかったことで、ようやく自分も配属先が決まるのかもしれない！　と嫌が応にも期待が湧き上がってくる。

胸をドキドキさせて事務室のドアをノックすると、中から「はいよ」と声が返ってくる。

「失礼します」

そう言いながら中に入ると、そこにはマキニス料理長の他にリサもいた。

「おう、来たか。そこに座ってくれ」

マキニスに指定されたのはリサの隣の席だった。

「お疲れ様、ハウルくん。こないだはありがとう」

「リサ先生、こんにちは」

リサに会うのはスティルベンルテア以来だ。大きなお腹を抱えて、微笑みを向けてくる。

彼女がいるということは、配属の話ではないんだなとハウルは察してしまった。期待していただけに、内心で落胆した。

とはいえ、何か話があるのは確かなので、大人しくリサの隣の席に座る。それを見てマキニスが「さて」と話し出した。

「ハウルを呼んだのは、リサ嬢の手伝いをしてほしいからだ」

「リサ先生の手伝い、ですか」

「国賓《こくひん》のための献立《こんだて》をリサ嬢が考えてくれることになったんだが、さすがに試作に関しては一人じゃできないだろう。だから、リサ嬢のやり方に慣れているハウルに手伝ってもらいたい。やるかやらないかはハウル次第だが、どうだ？」

マキニスの言葉にハウルは驚いた。そして下を向いて考える。

国賓《こくひん》の件は、スティルベンルテアの時に少しだけリサに話していた。そこまで詳しいことはハウルも知らなかったが、王宮の厨房《ちゅうぼう》では最近その話題で持ち切りだったし、新しい料理を考えることにおいて、リサの右に出る者はいないと思ったからだ。

こうしてこの場にいるということは、リサ自身もあれから気になっていたのかもしれない。

だが、そのリサの手伝いを自分が……？　とハウルは少し戸惑った。

配属も決まっていないハウルより、もっとベテランの料理人をつけた方がいいんじゃないかと思う。けれど、逆にチャンスかもしれないとも考えた。

このまま、いろんな部門のお手伝い要員でいるより、リサの手伝いをした方がいいのではないだろうか。

そうしたら、ずっと同じところでぐるぐる回っているような現状から抜け出すきっかけが掴《つか》めるかもしれない。

気持ちを固めたハウルは顔を上げた。

「僕、やりたいです！　やらせてください！」

ハウルがそう言うと、マキニスは鷹揚に頷く。

「おう、じゃあ頑張ってみろ」

「はい！」

「リサ嬢にこんなことを言うのもなんだが、ハウルのことよろしく頼む」

「もちろんです。頑張ろうね、ハウルくん」

「こちらこそよろしくお願いします！」

こうしてハウルはリサの手伝いをすることになった。

「まず過去の献立《こんだて》について調べてみようか」

そう言ってリサはマキニスが置いていった過去の資料を確認するところからはじめた。

ハウルとリサのいる事務室は、資料室も兼ねている。過去に国賓《こくひん》を招いた時の献立《こんだて》も細かく記録されていた。

今回やってくる正神殿からの賓客《ひんきゃく》は、過去にも何度かフェリフォミアに来たことがある。その中には今回のように肉食が禁じられた日もあったはずなので、その時の献立《こんだて》をまず参考にしようとマキニスが資料を探し出していた。

訪問の度に記録されているらしく、資料は複数あった。

リサがその一つを手に取ったので、ハウルも別の資料を見てみることにする。

「葉物野菜のサラダにパン、野菜のスープ……」

リサが献立《こんだて》を読み上げる。

あれ？　と思ってハウルが自分の資料を見直すと、まったく同じ内容が書かれていた。

「リサ先生、こっちも同じですけど……」

「えっ？」

びっくりしたように顔を上げ、リサはハウルの手元を覗き込んでくる。

「本当だ……！」

ハウルもリサの持つ資料を詳しく見てみると、ほぼ同じ献立《こんだて》だった。

「季節が違うからか食材こそ多少違いますけど、料理としては同じですね……」

「うーん……注釈を見ると、先方から提供されたレシピに則《のっと》って作ったって書いてあるね。でも、ここまで代わり映えしないのは……」

今回やってくる国賓《こくひん》の希望は新しい料理だ。肉や魚など、動物由来の食材は以前と同じく使えないけれど、その上で新しい料理が食べたいというのだ。

「ずっと同じ料理を食べ続けるというのは、やっぱり苦しいものなんでしょうか？」

「まあ、普通に飽きるだろうね。聞くところによると日によっては肉や魚も食べられるらしいし、だからこそ余計に大変そうだなぁ……」

同じ料理を毎日食べ続けることを想像すると、とても苦痛なことなんじゃないかとハウルは思った。おいしいものを知れば知るほど、その苦しみは増すと思う。

贅沢な食材を使うからおいしいのではない。もちろん質のいい食材を使えば使うほど、おいしくできあがりはするだろうが、料理の味は工夫次第。

例えばハウルの生まれ育った孤児院は貧しかったが、料理はおいしかった。それを作ってくれたのはキースだった。それぞれの家庭の味が母親の作る料理だというならば、ハウルにとってそれはキースの料理なのだ。

やがてちょっとした手伝いからはじめて、次第に一緒に作れるようになったけれど、キースの味にはまだ届かない。同じレシピで作っても、なぜか物足りない気がするのだ。

育ち盛りの子供ばかりなので、毎日お腹いっぱい食べるというのは難しかったが、料理はおいしくて満足感があったので、食べることに苦痛を感じたことはなかった。

だからこそ、この正神殿の人たちの食事情はなかなか大変そうに思えた。

きっと今回の依頼には、そんな現状を少しでもよくしようという気持ちがあるのではないかとハウルは推測する。

「他の資料も一応見てみようか」

「そうですね」

マキニスが探し集めてくれた資料はまだ他にもある。とりあえずそれを確認してみようとリサが提案し、ハウルはそれに頷いた。

しかし、他の資料もほぼ一緒の内容だった。

「予想はしてたけど、これじゃ参考にならないね……って、それもそうか。もし参考になってたら、マキニス料理長がここまで悩んでないよねぇ」

リサはげんなりしたように遠い目をして、手元の資料を閉じる。

過去、正神殿の人たちに出された料理はすべてサラダ、パン、スープというかなり簡素なものだった。ハウルが孤児院にいた時でさえ、もっと充実した献立《こんだて》だったと思う。

「過去の料理は参考にならないってことがわかったし、一から考えるしかなさそうだね」

「そうみたいですね」

リサの言葉にハウルは苦笑する。時間をかけてすべての資料を確認した結果、少なくとも参考にはならないということだけがわかった。ならば次に進まなければ。

「じゃあ、まずは使える食材……じゃなくて、使えない食材をリストアップしていこうか」

「はい！」

資料を脇に寄せると、リサとハウルはメモに食材の名前を書き連《つら》ねていった。

第十六章　献立《こんだて》を考えます。

動物由来の食材を使わない料理は、なかなかに難しい。

ハウルを助手につけて国賓《こくひん》の献立《こんだて》を考えはじめてから、リサはそうしみじみと実感した。

「前菜はどうにかなるとしても、メインに肉と魚が使えないとなると厳しいね」

「そうですね。メイン料理は大概《たいがい》肉か魚ですもんね」

リサの言葉にハウルも思案げな表情で頷いてくれる。

今回、マキニスからの提案でハウルが献立《こんだて》作りの助手になった。その話をした時、ハウルは驚き戸惑っている様子だったが、少し考えると『やりたいです！』と意気込みを見せてくれた。

スティルベンルテアで久々に会った時から、ハウルの様子は気になっていた。マキニスの手紙からも、ハウルが少し焦っているんじゃないかと感じていたから、リサとしてはこうしてハウルと一緒に料理を作れるのはいい機会だと思った。

リサに直接悩みを相談してもらってもいいし、この献立《こんだて》を考えながらハウルなりに何かとっかかりを見つけてくれたらなと期待している。

その上で、いいレシピができあがればいいなぁとリサは考えていた。

何はともあれ、まずはレシピの考案だ。

「会食はお昼なんだよね。でも軽いコース料理にしたいから、突き出し、前菜、スープ、パン、メインを二つにデザートってところかなぁ」

「結構たくさん考えないといけませんね」

「そうだねぇ。……あ、でも待って」

リサは先程ハウルと書き出した使えない食材のリストに目を留めた。

「そういえば、ミルクは使えるのか」

それに気付いてリサは目を丸くする。

こちらの世界のミルクは、動物由来のものではない。椰子《やし》の実のような木の実の汁なのだ。

牛乳も食材として扱われてはいるものの、流通するのは植物由来のミルクの方が断然多く、扱いも楽だった。

というわけで、今回の料理にミルクを使うことも可能だろう。

「ミルクを使えるなら、作れる料理の幅が広がるね！」

「……そうですね？」

ハウルはなぜリサがこんなに喜んでいるのかイマイチわかっていないようだ。この世界で生まれ育ったハウルにとって、ミルクは植物性なのが当たり前だからだろう。

「クリーム系は全部いけるし、デザートも大丈夫そうだね！　豆乳でも作れるかなーって思ってたけど、やっぱりミルクが使えた方がいいよね、うん」

作れる料理がぽんぽんと頭に浮かび、リサは一人で頷いた。

「よし！　それじゃあ、今度はこの季節に使える食材も考慮しながら、作れそうな料理をリストアップしていこう」

「はい！」

冬も終わりかけのこの時期は、やはり根菜が中心だ。葉物野菜もいくつかあるが、そんなに種類は多くない。

「葉物ならシューゼットがあるよね。ボリュームもあるし、いろいろ使いたいなぁ」

シューゼットとはキャベツに似た野菜だ。こちらの世界では、冬と春に採れる野菜である。

「いいですね、シューゼット。メインにしますか？」

「シューゼットで作れるメインディッシュかぁ。お好み焼きとか、ロールキャベツ……じゃないや、ロールシューゼットとか？」

「ロールシューゼット、いいと思います！　体も温まりそうですし」

ハウルは勢い込んで言うが、肝心なことを忘れている。

「ふふ、でもなかなか難しいと思うよ、ハウルくん」

「難しいですか？」

「ロールシューゼットのレシピを思い出せる？　中には何が入っていたかな？」

「ロールシューゼットの中は……あっ」

料理科の授業でもロールシューゼットは作ったことがある。その時のことを思い出したのか、ハウルはリサの質問の意図に気付いた。

「中に包んでいたのはお肉ですよね。じゃあ、無理か……」

「いや、できないこともないよ」

「え？」

「中身を変えればいいんじゃないかな。食感とか味とか工夫しなきゃいけないけどね」

「それは肉以外のものを使うってことですよね？　かなり味が変わるんじゃ……」

「きっと、お豆腐を使えばなんとかなるよ」

「お豆腐ですか？」

「前にカフェでヘルシーメニューを出してた時があるんだけど、その時にお豆腐を使ってハンバーグを作ったんだ」

カフェ・おむすび本店のお隣にあるサイラス魔術具店のアンジェリカが痩《や》せたいというので、ダイエットメニューを出していた時期があった。その時に、豆腐を使った料理をいくつか作った記憶がある。

その一つが豆腐のハンバーグ。ひき肉は多少入れていたが、ほぼ豆腐だけで構成されたハンバーグは、ややさっぱりしているものの食べごたえのある一品になっていた。

ロールシューゼットもハンバーグと同様に、豆腐を代用することで肉を使わずに作ることができるとリサは考えたのだ。

「なるほど！　それはいいですね！」

「あとはパンの代わりに、麺類とかご飯とかを出すのもいいと思うんだ。卵を使ってなければ、条件はクリアできると思うし」

「確かにそうですよね。以前は主食がパンしかありませんでしたが、今は麺やご飯もあるので選択肢が多いです」

「普段の食事にも取り入れたいって言ってたし、パン以外の主食を紹介するって意味でもメニューに入れときたいね」

パン以外の主食があるだけで、メニューの幅はとても広がるはずだ。

サラダに関しても、ただ生の野菜を出すのではなく、ひと味変わったものを出せたらいいとリサは思う。そう考えると、出したいメニューがたくさん浮かんでくる。

「えっと、会食の献立《こんだて》だけじゃなく、滞在中の食事も私たちで考えちゃっていいんだよね？」

「必須なのは会食の献立《こんだて》だと思いますけど、それ以外にも食事は何度かあるでしょうし、その料理を作るのもここの厨房《ちゅうぼう》なので、考えておいた方がいいかと思います」

「了解～。じゃあ、いくつか思い浮かんだものがあるから、さっそく試作してみようか」

「え、もうですか？」

「あれ、ダメだった？」

「いえ!! 僕、厨房《ちゅうぼう》を使えるかどうか聞いてきます！」

「はーい、よろしくね」

ハウルがバタバタと事務室を出ていく。それを見送ると、リサはとりあえずすぐ試作できそうな料理をメモに書き出していった。


しばらくしてハウルが戻ってきた。

「第二厨房《ちゅうぼう》を使っていいそうです」

「あっちを使わせてもらえるのね。じゃあ行こうか」

「だ、大丈夫ですか？　リサ先生」

そう言って、ハウルはリサのお腹に視線を向ける。

「大丈夫だって～！　たまに椅子に座らせてもらえたら嬉しいけど」

「向こうにも椅子はあると思うので、疲れたら遠慮なく座ってくださいね！」

「はーい」

教え子に気遣われるのはなんとなくくすぐったい感じがして、リサはクスクス笑う。

先導するハウルのあとに続いて、第二厨房《ちゅうぼう》へ移動した。

王宮にはいくつか厨房《ちゅうぼう》がある。王宮で働く職員の食事や、催《もよお》しのための料理を作る第一厨房《ちゅうぼう》。そして、その第一厨房《ちゅうぼう》では作りきれないものを作るという、補助的な役割をするのが第二厨房《ちゅうぼう》だ。

さらに王族が住む建物には専用の厨房《ちゅうぼう》があって、そこにも料理人が派遣されている。第二厨房《ちゅうぼう》は第一厨房《ちゅうぼう》からそう離れていない場所にある。今日は他に使う予定がないのか、リサたち以外に人の気配はなかった。

大きなパーティーなどがあると第一厨房《ちゅうぼう》だけでは足りず、この第二厨房《ちゅうぼう》も使われることになるのだが、普段はそんなに使われることはない。

それでも設備はしっかりしているので、試作をするだけなら特に問題なかった。

「リサ先生、この椅子を使ってください」

「ありがとう」

厨房《ちゅうぼう》に入るなり、ハウルがリサのために椅子を持ってきてくれる。

「それで、何から試作しますか？　特別な食材が必要なら、今すぐに作るのは難しいかもしれませんが……」

リサも、もちろんそれは考慮に入れていた。

「今日は簡単にできるものから作っていこう。ムム芋と小麦粉は用意できる？　あとバターと生クリームもあれば嬉しいな」

「それなら大丈夫です！　すぐ持ってきますね」

ハウルが材料を取りに行ってくれている間に、リサは調理器具を用意しておく。鍋にボウル、マッシャーにまな板、そしてフォーク。

お皿も一応用意しておくことにした。

あらかた準備したところでハウルが戻ってくる。

「リサ先生、道具を準備してくれたんですね！　ありがとうございます」

「このくらいは私にもできるからね」

「ムム芋と小麦粉、バターと生クリームです。……それにしても、これだけで大丈夫なんですか？」

「うん、他に必要な調味料とかはあるみたいだし大丈夫！　じゃあ、さっそく作ろうか」

まずはムム芋の皮を剥《む》いて、適当な大きさに切っていく。ムム芋はじゃがいもによく似た芋で、こちらの世界でよく食べられている。

切ったムム芋は鍋に入れて、そこに水を張る。そして、コンロにかけて茹でていく。

「柔らかくなるまでね」

「はい。……ところで、何を作るんですか？」

「まずはね、ムム芋のニョッキを作ろうと思ってるんだ」

「ニョッキ？」

「簡単に言えば、ムム芋で作るパスタかな」

「ムム芋でパスタなんて作れるんですか!?」

「作れるんだよ～。しかも簡単だから覚えておくといいよ」

さっき麺類はどうかと考えた時、リサがこちらの世界で広めたパスタは卵を使ったものがほとんどであることに気付いた。アシュリー商会で販売されている乾燥パスタの中には卵を使っていないものもあるが、材料に気を付けている人に出すには注意が必要だろう。

その点、ニョッキならば材料はムム芋と小麦粉と塩だけなので安心だし、作り方も簡単だ。

ムム芋が茹で上がるまで時間があるので、ハウルにはソースを作ってもらう。

フライパンでバターを溶かし、小麦粉を入れて軽く炒める。そこに生クリームを少量ずつ加えていき、ダマができないようにしっかりと混ぜていく。

適度なとろみがついたら、塩とこしょうで味を調《ととの》えて完成だ。

「本当はソースにも具材を入れたかったんだけど、今日は急遽《きゅうきょ》の試作だし簡単にね」

「パスタならソースでアレンジもできそうですね」

「そうそう！　マローのソースはもちろんだけど、ジェバッゼをペーストにしたソースとかも合うんだよ！」

ジェバッゼはバジルによく似たハーブだ。これをペーストにして作るジェノベーゼソースもニョッキにはとても合う。

「ムム芋の方も、そろそろいいかな？」

リサがたずねると、ハウルが菜箸《さいばし》を刺して火が通っているかを確認する。

「いいみたいですよ」

「それじゃあザルに上げて、すぐ潰してくれる？　熱いからやけどしないようにね！」

ハウルは指示に従い、シンクに置いたザルにムム芋を上げてお湯を切る。そしてムム芋をボウルに移すと、マッシャーを使って潰しはじめた。

「ここで細かくしっかりと潰しておくのが大事だよ」

ぐっぐっと力を込めて、ハウルは丁寧に潰していく。塊《かたまり》がなくなったところで、そこに小麦粉と塩を加える。マッシャーを木べらに持ち替え、切るように混ぜていくのだ。

次第にぼそぼそとしてくるので、そうしたら手でまとめていく。

「もし上手くまとまらなければ、水を足して調節してね。……うん、そのくらいまとまったら、台の上で捏《こ》ねてみて」

「はい！」

打ち粉をした台の上に生地をのせ、しっかりと捏《こ》ねていく。

「耳たぶくらいの硬さになったら大丈夫だよ」

「このくらいですかね？」

ハウルに聞かれ、リサは人差し指で生地をふにふにと押してみた。

「うん、いい感じ！　そしたら、これを棒状に細長く伸ばしていくの」

「太さはこのくらいですか？」

「そうそう、そのくらい。次はこれを包丁で切っていこう」

直径三センチほどの棒状になった生地を、端から一センチくらいの厚さで切っていく。

「できました」

「いいね！　仕上げに形を整えるんだけど、ここではフォークを使うよ」

「フォークですか？　穴を空けるとか？」

「違うんだな～」

ハウルの予想にリサはふふふと笑ってから、手本を見せるためにフォークを手に持った。

切り分けた生地を楕円形にすると、フォークの背をむにゅっと押しつける。

「こんな感じでギザギザの溝をつけていくんだ」

「これはソースが絡まりやすいようにですか？」

「その通り！　表面がつるっとしたままだとソースが絡まりにくいから、ちょっと手間だけどこうした方がおいしいはずだよ」

「なるほど」

ハウルもフォークを用意すると、リサのように生地に押しつけていく。

「この作業、私は結構好きなんだよね～」

単純作業だけれど、なんとも言えない楽しさがある。リサの言葉に、ハウルは淡々と手を動かしながら微笑む。

「そうなんですね」

「ハウルくんはどう？」

「うーん、楽しくないわけじゃないですけど、すごく好きかと言われたら、そうでもないかなって」

「そうか～。それじゃあハウルくんはどんな作業が好き？」

「僕の好きな作業、ですか……」

ハウルは手を止めると、一人悩みはじめた。

第十七章　目指す場所を見つけました。

リサの言葉を聞いて、ハウルは思わず手を止めた。

「僕の好きな作業、ですか……」

そのまま考え込んでしまったハウルに、リサがきょとんとしている。

「あれ？　そんなに難問だった？」

「いえ、難問っていうか……」

ハウルはハッと顔を上げて、苦笑を浮かべた。

「そういうの、考えたことなかったので……」

「そう？　私は好きな作業いろいろあるよ～。クッキーの型抜きも好きだし、あとコーヒーの淹《い》れはじめは香りがとてもいいよね。お湯を注いだ時に、粉がもこも～って膨らんでくる様子は見てるだけでも楽しいなって思うし」

リサの言う光景をハウルも頭に思い浮かべてみる。嫌なわけじゃないけれど、特段楽しいということもなかった。

「うーん……」

「そうでもない？　料理すること自体は嫌いじゃないんでしょう？」

「はい、料理するのは好きですよ。……でも、最近それだけじゃダメな気がしていて……。特別好きな料理がない分、苦手な料理も特になくて。それがいいことだと思っていました。でも今は逆にそれがダメなんじゃないかって感じはじめています……」

「苦手な料理がないのは長所であって、全然ダメなんかじゃないと思うけどな」

「でも、僕だけまだ配属先の部門が決まってないんですよ……？」

「……ハウルくんは特別好きな料理や得意な料理がないから、配属先が決まらないと思ってるの？」

「違うんですかね……？　スープ部門に配属されたウィリスを見て思ったんです。特別好きなものがあった方が、早く上達するんじゃないかって。ウィリスは煮込み料理に関しては、とても一途《いちず》です。そのために王宮の厨房《ちゅうぼう》に来たようなものですし、その意思はぶれていません。僕も料理科に入る前からの夢だったから、王宮の厨房《ちゅうぼう》に来れて嬉しかったけど、それだけじゃ成長できない気がして……」

キースに憧《あこが》れて王宮の厨房《ちゅうぼう》に入ったのはいいけれど、ここで何をしたいのかまではまったく考えていなかった。ただ、ここで料理ができたら憧《あこが》れのキースに一歩近づけるんじゃないかと、それだけを考えていたのだ。

でも、実際王宮の厨房《ちゅうぼう》に入ったはいいものの、キースには少しも近づけていない。むしろ遠ざかっている気さえする。

配属先の部門は決まらず、料理の腕も上がっているのかどうなのかイマイチわからなかった。

しかも、当のキースはもうここにはいない。完全に転職し、料理科の講師として働いているのだ。王宮と学院では距離もあるし、会う機会がほとんどない。

キースがかつて働いていた職場に入れば、何かが変わる気がしていた。もっと自分自身が成長し、目覚ましい活躍ができるのだと期待していた。

しかし、現実はそうではなかった。

ハウルは次に目指すべき目標を見失い、迷走してしまったのだ。

それぞれの職場で上手くやっているルトヴィアスとアメリアが羨《うらや》ましく感じる。もちろん二人だって楽しいことばかりじゃなくて、大変なこともあるだろう。でも、外から見るとそれさえも羨《うらや》ましい。

三人それぞれ別の道に進んだけれど、そこが到達点でなく通過点だったルトヴィアスとアメリアは、ハウルよりも一足前に進んでいる。

しかしハウルは――

目標としていた場所にたどり着いたはいいものの、そこで足踏みしている。得られたのは肩書きだけで、中身は全然伴《ともな》っていない。

自分はもっとやれると思うのに、どう頑張ればいいのかわからず、気持ちだけが先走る。まったく前に進んでいる気がしなくて、同じ場所をぐるぐるしているような、そんな毎日だった。

ハウルの気持ちを聞いたリサは、少し考えてから口を開く。

「好きな料理があるのは確かに強みではあるけれど、でも料理は一つだけでは完結しないでしょう？　毎日同じ料理を食べるのは誰でも飽きてくるから、いろんな料理を作れた方がいいんじゃないかな。まあ王宮の厨房《ちゅうぼう》はちょっと特殊だから、ウィリスくんの方が合ってるように見えるのかもしれないけどね。ある意味ハウルくんの方が難しい道だと思うよ」

「難しい道、ですか？」

リサの言葉の意味が上手く捉《とら》えられなくて、ハウルは思わず聞き返す。

「どのジャンルの料理も同じくらいできるようになるっていうのは、すごく難しいことだと思う。私やジーク、それにキースくんだって、それぞれ好きだったり得意だったりする料理はあるもの。苦手なものは極力なくしているけど、それでも『こっちよりあっちの料理を担当したいな』って思うことはあるよ」

「そうなんですか？　意外でした……」

「ふふふ、傍《はた》からはそう見えないのかもしれないね。とにかく、苦手な料理がないってすごいことなんだよ。さっきも聞いたけど、料理すること自体は好きなんでしょう？」

「はい、それはもちろん好きです」

「じゃあ、好きな料理を探すより、料理自体をとことん好きになればいい。好きなことは料理全般、でいいじゃない。全部やっちゃえばいいんだよ」

「全部……」

「だからこそ難しい道だって言ったんだよ。一つのジャンルを極める方が確実で簡単だからね。それを考えると、今ハウルくんの配属先が決まってないのは悪いことじゃないと思うよ？　一度配属先が決まったら、よほどのことがないと他の部門の料理は経験できないでしょう？　その点、ハウルくんはいろんな部門を行き来できる。こんないい経験はそうそうできないんじゃないかな」

　リサの言葉を聞いて、ハウルは目から鱗《うろこ》が落ちたような気持ちになった。そんな風に考えたことは一度もなかったのだ。

とにかく焦っていたからか、得意料理のあるウィリスが羨《うらや》ましかった。そうじゃないと自分のことをずっと否定していた。

でも、リサは全部やればいいと言う。難しいけれど、料理自体を極めろと言う。

そう言われて、すとんと腑《ふ》に落ちたような感覚があった。

料理が好きだ。

好きになった最初の記憶は、キッチンに立つキースの後ろ姿。

器用に包丁を操《あやつ》り、食材を切ったかと思えば、それはあっという間に調理され、食卓の上でいい匂いを漂わせていた。

小さい頃のハウルは、キースは魔術師なんじゃないかと思っていた。きっと魔術で料理を作っているんだと。

そのくらい、彼の作る料理がすごいものに見えていたのだ。

実際、あんなにおいしいものを作るキースは、ハウルにとって魔術師よりもすごい存在だったし、どんな物語のヒーローよりもかっこよくて憧《あこが》れた。

その記憶がハウルの料理の原点。

だからなのか、キースには苦手なものなどないと勝手に思っていた。料理に関しては完全無欠の完璧な人なのだと。

だから自分もどんな料理でも作れるようになろうと思ったのだ。

今になれば、キースも人間だし完璧なんかじゃないとわかっている。それでも一度目指したものをハウルは変えられなかったし、そうなりたいという理想像をひたすら追い求めた。

ああ――

ハウルはようやく合点《がてん》がいった。

自分が理想とする料理人像は、どんな料理でも作れる人だということにようやく気付いた。それはキースだとずっと思っていたけど、今は違う。きっと形のない何かだ。

だから惑わされた。揺らいでしまっていた。

配属先が決まらないことで、自分は料理人としての能力がないのではないかと思ってしまった。なんでも作れる料理人を目指していたはずなのに、一つの部門の料理もまともにできないと思われているんじゃないかと、そう感じてしまったのだ。

だから焦った。

本当に危惧《きぐ》していたのは、特定の部門に配属されないことじゃなかったのに、焦るあまり勘違いしていた。目指す場所を見誤っていたら、それは迷走もするだろう。

——そうか、全部やってみたらいいのか……

苦手な料理がないというより、全部得意にしてしまえばいいんだ。極論ではあるが、リサの言葉はハウルの心にまっすぐ届いた。

「ありがとうございます、リサ先生。僕、やってみます」

「うん、ハウルくんなら、きっとできると思うな」

ハウルの言葉に、リサは優しく笑みを返してくれる。

憧《あこが》れのキースと同じくらいすごい人に背中を押され、ハウルは決意を新たにした。

意識が変わると、目に見える景色も変わる。ここ最近、どこか色褪《いろあ》せて見えていた王宮の厨房《ちゅうぼう》が、明るく色づいたように見えた。

どの部門にも配属されていない現状は変わらないものの、今は逆にいいチャンスだと思えるし、何よりこうしてリサの助手に選ばれたことは、他の料理人にはできない希有《けう》な経験をするチャンスだ。

正直、助手をするようにと料理長から言われた時は、態《てい》のいい厄介払いかとかなりネガティブなことも思った。でも、冷静に考えるとリサのすぐそばで勉強できる機会などそうそうない。

——ルトヴィアスには悪いけどね……

ハウルがキースに憧《あこが》れているように、ルトヴィアスはリサに憧《あこが》れている。

このことを話したら、ものすごく羨《うらや》ましがられるだろうなと思いながらも、ハウルはこの経験をしっかり自分の糧《かて》にしたかった。

「じゃあ、そろそろお湯も沸いたし、ニョッキを茹でようか？」

「はい！」

ぐつぐつと沸いている鍋は、すっかり茹でる準備が整っている。

ハウルは綺麗なギザギザが刻まれたニョッキの生地を、そっと中に入れていった。

第十八章　思い返してみました。

ずっと思い悩んでいたらしいハウルは、ようやく吹っ切れたようだった。

すっきりした顔で、茹で上がったニョッキを取り出している。

「リサ先生、これにソースをかけたらいいんですか？」

「そうそう」

「了解です」

作っておいたソースを温め直すと、ハウルはそれを茹で上がったばかりのニョッキの上にかけていく。

仕上げに黒こしょうを振ったら完成だ。

「さっそく食べてみようか」

「はい！」

できたてのニョッキを二人で試食する。これまで作る機会がなかったが、できたてのニョッキはやはりおいしい。

「パスタよりも、かなりもちもちしてますね。おいしいです！」

ハウルの口にも合ったのか、嬉しそうな顔で感想を言ってくれる。

「よかった～！　ニョッキはムム芋だけじゃなくて、プルエで作ることもできるし、ザラナを練り込んだりもできるんだ。色が鮮やかになるから、会食にもいいかもしれないね」

プルエはカボチャによく似た野菜で、ザラナはほうれん草のような野菜だ。それらを使ってニョッキを作ると、濃い黄色や緑のニョッキができあがる。見た目も華やかになるので、会食のような場にもぴったりだろう。

「ソースも工夫できそうですね。さっきリサ先生が言ったようにマローのソースでも試してみたくなりました！　食べごたえもありますし、国賓《こくひん》の方たちにも喜ばれそうで

す！」

ハウルの言葉にリサは頬を緩める。

浮かない顔をしていたハウルの雰囲気がすっかり明るくなった。それだけでこの献立《こんだて》を考えたことに意義があったと思える。

国賓《こくひん》に失礼かもしれないが、会ったこともない彼らより自分の教え子の方が心配だった。

だがハウルは見事に吹っ切れて、気持ちも前向きになったようだ。

おいしいと言って食べながらも、頭ではいろいろとレシピを考えているらしいハウルの姿を、リサは微笑ましく眺めていた。


その日以降、ハウルと共に毎日レシピを考案した。

リサはお昼くらいに王宮へ行き、夕方帰ってくるというのを繰り返している。拘束時間はそんなに長くないし、移動は基本的に馬車なので、そう大変でもない。

むしろいい息抜きと運動になっている。

そして作りはじめてから数日が経ち、今日はいよいよメイン料理の候補であるロールキャベツ……もとい、ロールシューゼットの試作だ。

なぜこんなに遅くなったのかといえば、ロールシューゼットに使う豆腐の仕込みに時間がかかったからだった。

豆腐はこの世界ではまだ市販されていない。流通や販売の方法を考えると、実現はなかなか難しい。リサの元いた世界のようにパック詰めできる技術があればよかったが、今のこの世界では不可能。やりようがないわけではないが、ニーズに合うのかという心配もある。

豆腐といえば、リサの頭にパッと浮かぶのは幼い時の光景だ。

家の近所にあったお豆腐屋さん。

昔ながらのお店で、日も明けないうちから豆腐の仕込みがはじまり、大豆を茹でる湯気が暗い空にもくもくと上がる。

学校から帰り、夕飯の支度をする時間になると、よくボウルを渡されてお使いに行った。

お店に行くと、水にさらされた豆腐をボウルに入れてくれるのだ。しっかりとした木《も》綿《めん》豆腐は、ボウルの中では決して崩れることがないが、程よい弾力があって歩く度にふるふると揺れた。

お使いの品目に、油揚げやおからや豆乳が加わることもある。どれもその日にできた新鮮なものばかりで、安い上に大容量で最高においしかった。

綺麗にパック詰めされた豆腐しかないスーパーでは、なかなかできない買い方だった。

こちらの世界で豆腐を販売するとなったら、あのお店みたいな感じになるのかなとリサは想像するが、それもなかなか難しいだろうなと思う。

話が少し逸れてしまったが、そういう事情もあって、豆腐は今のところ自分たちの手で作るしかないのである。

昨日の夕方に王宮で作っておいたので、今日はそれを使ってロールシューゼットの試作ができるというわけだ。

王宮の第二厨房《ちゅうぼう》にリサが到着すると、そこにはすでにハウルがいて準備をはじめていた。

「おはよう、ハウルくん」

「おはようございます、リサ先生！　お豆腐の水切りしておきましたよ」

「わー！　ありがとう！」

ハウルのもとへ行ってみると、昨日リサが伝えておいた通りの方法で、豆腐が水切りされていた。豆腐は水分が多く、そのまま使うとべしゃっとした仕上がりになってしまう。そのため水切りが必要になるのだが、時間がかかるので、あらかじめやっておいてほしいとハウルに伝えていたのだ。

豆腐は布巾に包まれた状態でザルの上に置かれ、さらにその上には重石《おもし》がのせられていた。布巾には水分が染み出しているので、しっかりと水切りされているようだ。

「じゃあ、さっそくはじめようか」

「はい！」

試作といってもリサがやることはほとんどない。指示を出してハウルに作ってもらう。少し歯がゆい気持ちもあるが、今のリサの状態では仕方がない。

妊娠して思うのは、これまで自分でやってきたことを人に任せることの大変さ。手間も時間もかかるし、自分でやった方が遙《はる》かに簡単だ。

しかし、任せて初めて気付くこともある。

仕事を任せればその人の成長に繋がるということが、目に見えてわかった。

ハウルは赤紫色の人参のようなパニップと、玉ねぎに似たニオルをみじん切りにしている。その姿を見て、リサは口を開いた。

「ねえ、ハウルくんってさ、レシピを見たらできあがった時の味がだいたいイメージできるタイプ？」

「知らない食材が使われている場合は無理ですけど、ほとんどの料理はイメージできますね」

「やっぱりか～」

ここ数日、ハウルに調理をお願いしている中で、リサはあることに気付いた。口頭でざっとレシピを伝えるだけで、ハウルは妙に迷いなく作っていくのだ。

過去に作ったことのある料理もあれば、初めて作る料理もある。それなのにリサの指示に的確に応え、そつなく作っていくのがとても不思議だった。

しかし、今の質問でリサは納得した。

料理が上手い人の中にはよくいるのだ。レシピを見ただけで、その料理の味が想像できるという人が。

材料や調理法から推測しているのだと思うが、最終的な味のイメージが大まかにできているから、作っていても戸惑わない。

たとえそれが初見のレシピであってもだ。

もちろんやってみたら想像と違う場合もあるだろうが、作業の中で修正するだけの力もある。

リサも割とできる方だけれど、リサの場合は元の世界でいろんな料理を食べた経験があるからこそだ。

しかし、ハウルは違う。本人はなんでもないことのように言うが、それはとてもすごいことだとリサは思っていた。

完成品がイメージできれば、作る時に逆算することができる。その味にするには何が必要で、どんな工程を経ればいいのかと。

それができるハウルは、いろんな部門を手伝う際にかなり役立っていると思う。ハウルは特定の部門に配属されないことを情けなく思っていたのかもしれないが、きっといろんな部門から引っ張りだこだったはずだ。

――マキニス料理長が慎重になるのもわかるなぁ。

料理科にいる時から、器用で何事もそつなくこなす印象だったハウルだが、こうしてマンツーマンで料理をすると、知らなかった一面が垣間見《かいまみ》えてくる。

料理に対しての意識の高さだったり、自分に対しての厳しさだったり。

視野の広さはなおも健在だし、そこに行動力がプラスされている。

そのどれもが、彼が将来は上に立って人を導いていく人材になるだろうと、リサに感じさせた。

料理長のマキニスも、以前リサに向けた手紙に『部門長や副料理長、いずれは料理長にさえなりうるだろう素質を感じている』と書いていた。

その意見にリサも賛成である。本当にハウルの将来が楽しみだ。

もちろんそれはハウルだけじゃなく、他の料理科の教え子に関してもそうだ。

リサが教えたのは三年間というほんの限られた時間だけ。三年というのはあっという間だ。もっと教えたい料理はたくさんあったし、いろんなことを経験させたいと思った。

他の学科に比べると二十人という少人数の学科ではあるけれど、それでも一人一人にじっくりと教えることは難しい。

特に一期生は、料理科にとって初めての生徒たちだったたし、リサにとっても初めての教え子だ。

精一杯やったつもりではあるものの、何もかも手探りで、思い返せばもっと上手く教えられたんじゃないか……とも思ったりする。

でもそれはあとの祭りだし、欲張りすぎかな、とリサは心の中で呟《つぶや》いた。

「リサ先生、みじん切り終わりましたよ。次は炒めるんですよね？」

リサがいろんなことを考えているうちに、ハウルの作業は進んでいたようだ。

「うん、フライパンで炒めてね。軽く火が通ったら豆腐を入れるよ」

「わかりました」

フライパンをコンロの火にかけ、温まったところで油を引く。そこにみじん切りにしたニオルとパニップを投入した。

ジューッという音がして、厨房《ちゅうぼう》は一気に賑《にぎ》やかになった。焦げないように木べらを使ってハウルは炒めていく。

ニオルの色がやや透明になってきたら、水切りしておいた豆腐を崩しながら入れる。

「豆腐の水分が飛ぶまで炒めてね」

ハウルは頷くと、根気よく具材を炒めていった。

味付けは塩こしょう、それと味噌。

「味噌ですか？」

「豆腐だけだと、どうしてもさっぱりしちゃうから、コクを出すための隠し味だね」

「なるほど」

味を調《ととの》えたら、そのまま冷ましておく。

「次はシューゼットの準備だね」

「まずは茹でるんですよね？」

「うん」

ハウルもロールシューゼット自体は作ったことがあるので、手順はよく知っている。

リサがあれこれ指示を出すまでもなく、彼はてきぱきと調理を進めていった。

鍋にお湯を沸かし、芯をくり抜いたシューゼットをひと玉入れる。葉が柔らかくなったところでお湯から上げて、冷水で冷ます。

葉を破けないように一枚ずつ丁寧に剥《は》がすと、薄さを均一にするため葉脈《ようみゃく》を削《そ》ぐように切り取り、水気をしっかり切っておいた。

これで下準備は整った。あとは巻いていくだけだ。

シューゼットの葉を広げ、そこに薄く小麦粉を振りかける。こうすると中の具材とシューゼットが密着して崩れにくい。

小麦粉を振りかけたシューゼットの手前側に具材を適量置き、葉の左右を内側に畳みながら巻いていく。隙間ができないようにきっちりと巻いたら、巻き終わりを楊枝《ようじ》で留めておくのだ。

この作業はリサも一緒にやった。二人でやれば、あっという間に終わる。

次はスープ作りだ。

鍋に瓶詰めのマローを入れる。マローはトマトによく似た野菜で、トマトと同じく夏に採れたものがおいしいので、今の時期は瓶詰めにしたものを使う。

野菜で出汁《だし》を取ったスープを加え、塩こしょう、砂糖、味噌を入れて味を調《ととの》える。そこに先程具材を包んだシューゼットを入れ、じっくり煮込めば完成だ。

煮込んでいる間、他の料理も試作する。

試作もあらかた終わり、汚れた調理器具を洗っていると、第二厨房《ちゅうぼう》にある人が顔を出した。

「お疲れさん。試作は進んでるか？」

「マキニスさん、お疲れ様です」

「お疲れ様です、料理長」

やってきたのは料理長のマキニスだった。今日、メイン料理の候補であるロールシューゼットを試作することは伝えていたので、どんな感じになるのか気になって様子を見に来たらしい。

「よかったらマキニスさんも試食していきませんか？」

煮込んでおいたロールシューゼットもいい頃合いだろう。

「おお、いいのか？　じゃあ試食させてもらおう」

リサがハウルに目配せすると、彼は心得たように三人分のお皿にロールシューゼットを取り分ける。その間、リサはカトラリーを準備しておいた。

「見た目は完全にロールシューゼットだな」

盛りつけられたロールシューゼットを、マキニスはまじまじと見つめている。とろみのあるマローのソースがかかったそれを見て、まさか肉を使っていないとは誰も思わないだろう。

だがナイフで切り分けてみると、断面はお肉にしては妙に白っぽい。

マキニスはそれにマローのソースを絡めて頬張《ほおば》った。

「お、マローのソースが濃いっていうのもあるだろうが、思ったよりしっかりと食べごたえがあるな。肉よりも多少ふわふわしてるが、シューゼットとのバランスもいいし、これはこれでうまい！」

なかなか好評なようで、リサとハウルは思わず顔を見合わせる。

「豆腐と野菜だけにしては、味に深みがあるな。他にも何か入れてるのか？」

「たぶん味噌のおかげだと思います。豆腐だけだと、どうしてもあっさりしちゃうので、味噌でコクを足してみました」

「なるほど、それはいい。味噌なら国賓《こくひん》の方々にとっても問題ないだろうし。うん、メインはこれでいいんじゃないか？」

「やったねハウルくん！」

「はい！」

マキニスのお墨付きをもらったことでホッとしたのか、ハウルはようやく自分の分のロールシューゼットを食べはじめる。

一口頬張《ほおば》ると、おいしそうに目を細めた。

第十九章　小さいけれど大事なことに気付きました。

正神殿の神官をもてなすレシピ作りの助手。それを任された時は、正直戸惑っていた。しかし、それに取り組むことで、ハウルの胸の内にくすぶっていた悩みを吹っ切ることができたし、レシピの方も着々と完成しつつあった。

「ハウル、ちょっといいか？」

「はい、なんですか？」

午前中の仕事が終わったところで、料理長から呼び止められた。これまで直接関わることが少なかった料理長とも、最近は試作のことで何かと話す機会が多い。

「今日、会食の日程と人数がわかったから、資料を渡しておくな。正神殿の神官方の大まかな情報も載ってるから、目を通しておいてくれ。あとリサ嬢にも伝えておいてくれるか？」

「わかりました」

渡された資料を持って、ハウルは第二厨房《ちゅうぼう》へ向かう。今日もリサが来る前に準備を整えておこうと思っていた。

第二厨房《ちゅうぼう》に着くと、ハウルは無駄のない動きで使う調理器具や食材を準備していく。今日は下茹でするものがあるので、水を張った鍋もコンロにかけておいた。

だいたいの準備が終わったところで、マキニスから渡された資料に目を通す。

そこには会食の日時、場所、人数の他に、誰が参加するかということも記《しる》されていた。

――へぇ、新しい神殿長はかなり若い人なんだ。

リストを見ると、二十代前半だと書かれていた。ハウルともさほど変わらない。

そしてその隣に書かれているのが、今回退《ひ》くことになる現神殿長らしい。こちらはかなりご年配の方だった。

――この歳まで、決められた日以外はずっとあの食事だったのかなぁ。

資料にあった過去の料理を思い出し、ハウルはげんなりした。神官の慣習とはいえ、ずっとあの食事を続けていたら気が滅入《めい》りそうだ。

もしかしたらその食事も心身を鍛《きた》えるためのものなのかもしれないけれど……

「いや、それならわざわざこんな依頼はしてこないか」

彼らもおいしいものが食べたいと思ったからこそ、フェリフォミアに新しい料理を求めているのだ。

それにしても、とハウルは思った。

長年、あの質素とも言える野菜中心の食生活をしていた人が、急にリサの考えた料理を食べてびっくりしてしまわないか、と。

リサの考える料理は、ものによっては塩分が濃かったり、油を多く使っていたりする。少しならばいいが、大量になるとご年配の人には合わないのではないか。

ハウルも孤児院で料理を作っていた時、揚げ物なんかは子供たちには大変喜ばれるものの、年配の院長先生には少し重そうだった。

だから、もしかしたら現神殿長に出す際には、何かしら配慮しておいた方がいいんじゃないかと思ったのだ。

「ハウルくん、おはよう」

かけられた声にハッとして、ハウルは顔を上げた。

「リサ先生、おはようございます」

「何見てたの？」

「これ、マキニス料理長から渡された会食の資料です」

「どれどれ～？　あら、ギルさんも参加するのね」

リサはハウルの横から資料を覗き込む。そこには神殿側の参加者だけでなく、フェリフォミア側の参加者の名前も記《しる》されていた。

ギルというのは、リサの養父であるギルフォードのことだ。彼はフェリフォミアの魔術師長で、精霊と契約している。

精霊は女神の使いと呼ばれ、神殿とも何かと深い関わりがある。そのため、精霊と契約しているギルフォードも会食に同席するのだろう。

「あのリサさん、これを見て気になったんですが……」

「何かあった？」

「現神殿長なんですが、結構なご高齢のようですけど、他の人と同じ献立《こんだて》で大丈夫でしょうか？　うちの孤児院の院長先生の場合、どうも濃いものや油が多いものは受けつけないみたいで……。ご年配の方はみんなそうなのかなって思ったんです」

「あー……確かに。しかもずっとあの簡素なメニューで生活してきたのなら、今回のメニューは重いだろうねぇ……。でも、今回のことを依頼してきたのはあちら側だし、フェリフォミアとしても、あまり質素なものを出すわけにはには……」

リサはうーんと唸《うな》る。

せっかく頑張ってレシピを考えてきたのだ。これまでの頑張りを無駄にはしたくない。

「僕、もしかして余計なことを言っちゃいましたかね……？」

「いやいや、そんなことないよ！　もてなす相手のことを考えて料理を作るのは、とても大事なことだし！　でも、まずは料理長と相談してみよう」

その後、リサとハウルは料理長と相談した。いろいろと意見を出し合ったが、やはり向こうの依頼で料理を考えた以上、このままの献立《こんだて》で行くことに決定した。

しかし、ハウルは何かできないかと考える。せっかくの食事なのだから、全員に楽しんでほしいと思っていた。


王宮の厨房《ちゅうぼう》で働き出してからは、孤児院から王宮の外れにある寮へと移った。寮があることは、ハウルが王宮の厨房《ちゅうぼう》で働きたいと思った理由の一つでもある。

でも週に一度の休みには、孤児院に顔を出すようにしている。かつてキースがしてくれていたように、ハウルもまたお世話になった孤児院のためにできることをしたいと思っていた。

そんなわけで、今日も孤児院に来ている。

一週間ぶりにハウルが腕を振るった料理を、子供たちはおいしそうに食べてくれていた。

おいしくてテンションが上がったのか、隣の子とおしゃべりをしていた子が食べかけのパンを落としてしまう。

そのパンはボチャッと音を立てて、スープのお皿に入る。

本人は「あー！」と残念そうに声を上げているが、床に落ちていないだけ幸いだった。

ハウルはその子のもとに駆け寄って、服や周りに飛び散ったスープを拭いてあげる。

「大丈夫かい？」

「うん！　……でも、パンが」

「あらら、でもパンはスープに浸《ひた》して食べることもあるから、別にいいんじゃない？」

「あ、そっか！」

その子は納得したように頷くと、スープに浸《ひた》ったパンを食べはじめる。「おいしー！」と言っているところを見ると、どうやら問題なさそうだ。むしろこれまでよりも食が進んでいるように見えた。

——あ、これは……！

いいヒントになるかもしれない。ハウルの心に一筋の光明が見えた。

翌日、ハウルはさっそくリサに相談することにした。

「この炊き込みご飯を少しアレンジすることはできないでしょうか？」

「アレンジっていうと、具体的には？」

「たとえば雑炊《ぞうすい》にするとか……」

「うーん、雑炊《ぞうすい》かぁ……そうなると一人だけ別メニューになっちゃうけど、そこは大丈夫なのかなぁ？」

「そっか、そうですよね……」

「ご年配の方だからって配慮するにしても、本人から言われたわけでもないのに一人だけ違う料理を出すのはちょっとマズいよね」

「確かに……。スープに浸《ひた》せば食べやすくなると思ったんですけどね」

「ああ！　それならお茶漬けにしたらいいんじゃない？」

「お茶漬け……？　花茶をかけるんですか？」

「花茶よりお出汁《だし》の方が合うかもね。炊き込みご飯だからご飯そのものにも味はついてるし、薄いお出汁《だし》をかけたらさらさら食べられていいかも！　お出汁《だし》をかけるかどうか、その場で本人に聞いてからかけることもできるしね」

「それ、すごくいいですね！」

　まずはご飯だけを食べてみて、食べづらかった場合のみ出汁《だし》茶漬けにするのであれば、一人だけ別メニューにする必要もない。こちらでお出汁《だし》を用意して、かけるかどうか本人に聞けばいいのだ。

「それにしても、よく思いついたね」

「いやぁ、昨日子供たちと食事してたら、スープにパンを落としちゃった子がいて……」

たまたまだとリサに話すと、リサは静かに首を横に振った。

「孤児院でのことはたまたまだったかもしれないけど、ハウルくんがそれを出汁《だし》茶漬けのアイデアに繋げられたのはたまたまじゃないよ。そういう小さい気付きがいろんな料理を生み出していくんだから！　それを大事にしてね」

「はい……！」

リサの言葉にハウルは感銘《かんめい》を受ける。

出汁《だし》茶漬けの案は料理長からも認められ、献立《こんだて》に採用されることが決まった。

そして、いよいよ国賓《こくひん》がやってくる。

第二十章　緊張の大役を務めます。

その日、王宮の厨房《ちゅうぼう》は朝から大忙しだった。

調理の音や、料理人の声が飛び交い、いつも以上に賑《にぎ》やかだ。

「ハウル、こんな感じでいいんだよな？」

「はい、大丈夫です！」

その中でもハウルはいろんな部門から声をかけられていた。今回の会食のメニューを完璧に把握しているのはリサ、ハウル、料理長だけだ。

リサは身重なので厨房《ちゅうぼう》に入るのは大変だし、料理長は会食以外の料理も監督しなければならない。

国賓《こくひん》が来るとはいえ、いつも通り王宮で働く人たちにも食事は必要だし、料理長はどちらか一方だけにかかずらっているわけにはいかないのだ。

だから、必然的にハウルがいろんな部門を飛び回り、指示を出している状態だった。

今日の会食の献立《こんだて》は、まず野菜のグリル。これには特製のポン酢をジュレ状にしたソースをかける。野菜を食べ慣れた正神殿の人たちも、ひと味違ったソースに驚くことだろう。

そして、前菜はムム芋を使った料理三種。一つはムム芋のニョッキだ。ジェバッゼで作ったジェノベーゼソース仕立てとなっている。

もう一つは、ムム芋のすり身風フライ。ムム芋をすりおろしたものと豆腐を合わせ、さらに野菜を混ぜて揚げたものだ。外側はサクッと、中はしっとりしたフライになっている。

最後の一つはムム芋のサラダだ。こちらは刻んだリルの実を入れ、さっぱりとした味わいになっている。ちなみにリルはリサが元いた世界ではリンゴというらしい。ムム芋だけでもこれほどレシピに幅があるということを伝えたい。そんな思いからリサが考えたものだった。

メインは肉を使わないで作ったロールシューゼット。肉の代わりに豆腐を使っているが食べごたえがあり、さらに味噌を使ってコクを出したこだわりの一品だ。

そのあとは、炊き込みご飯。こちらはハウルの案で、お好みによって出汁《だし》茶漬けにもすることができる。

さらに野菜のお味噌汁に、デザートはリルの実とミルクのゼリー。リルの実で作った部分とミルクで作った部分が分かれて二層になっている、目にも楽しいデザートだ。

以上が会食の献立《こんだて》だった。

他にもいろいろとレシピを考えたものの、料理同士のバランスや食材の関係でコースには入れられなかったものもある。

そういったものは、リサのまとめたレシピ集に入れたり、正神殿の人々が滞在している間の普通の食事として出されることになっていた。

「ハウルくん、どんな感じ？　大丈夫そう？」

ハウルが厨房《ちゅうぼう》内を忙しく走り回っていると、リサが入口からひょっこり顔を覗かせた。

「リサさん、お疲れ様です！　今日は来ないのかと思ってました」

「ハウルくんが頑張ってくれてるから、せめて近くに控えていようと思ってさ」

「……正直、心強いです。こんな大役初めてなので……」

今日のハウルにはもう一つ大事な役目があった。それは会食中に料理の説明をすることだ。

正神殿の人々にとっては初めて見る料理ばかりだろう。だから、どういった食材を使い、どういう作り方をしたのか、その場で説明が必要なのだ。

「私がこのお腹じゃなかったら代われるんだけどね……でも、ハウルくんはしっかりしてるしレシピもちゃんと覚えてるでしょ？　だから大丈夫！」

「だといいんですけど……」

何度も試作したし、手順も食材もしっかり頭に入っている。けれど、緊張ばかりはどうにもならない。

さっきまでは忙しさのおかげで忘れていられたけれど、リサの顔を見たらこのあとのことを意識してしまい、抑えていた不安な気持ちが湧き上がってくる。

「何かあったらギルさんがフォローしてくれるよ！　笑顔でリラックスして臨んでね」

「はい、頑張ります……！」

リサに激励され、ハウルは気合いを入れた。


料理の完成を待たずして、ハウルは先輩たちから「頑張ってこい！」と追い出されるようにして会場へ向かった。コック服は綺麗なものに着替え、髪も整えてある。

案内してくれる侍女の後ろを落ち着かない気持ちでついていく。リサも途中までは一緒だけれど、彼女は控えの間で待つことになるため、会食の部屋に入るのはハウル一人だ。

口から心臓が飛び出るんじゃないかというくらい、鼓動がバクバクと鳴っている。

「こちらが会場です。リサ様は隣の部屋でお待ちください。声は聞こえるかと思いますので、壁際でお座りになられるのがいいかと」

「ありがとうございます」

「ハウル殿はお声がかかりましたら、お部屋の中にお願いします。まずは進行役の執事がご紹介いたしますので、それに従ってお話しされるとよろしいかと」

中年の侍女は淡々と説明するが、とても優しそうな目をハウルに向けていた。それに少しだけ和《なご》んでいると、控えの間に料理が運ばれてくる。

給仕の人たちが一人二皿ずつ運ぶことになっているらしく、その段取りを確認していた。

隣の部屋では参加者がすでに集まっているのか話し声が聞こえてくる。

「ハウル殿、行きますよ」

先程の侍女ではなく、男性の執事がハウルに声をかけてきた。どうやらこの人が進行役を務めてくれるらしい。

緊張もピークに達し、少し足を震わせながら執事の後ろについていく。幸いにも参加者たちは会話に夢中で、ハウルが入ってきたことには気付いていないようだ。

会話に一区切りついたところで、いよいよ会食がはじまるらしい。会場の中心にいる王がハウルの横にいる執事に視線を投げかけてきた。

自分に向けられたものじゃないのに、心臓がドキッとする。

執事が合図すると、給仕の人たちがお皿を手に入室してくる。そして上座《かみざ》から順に料理を置いていった。

全員に行き渡ったところで、王が神殿長に話しかける。食前のお祈りをお願いしたいということだった。

食前のお祈りは女神様へのお祈りでもある。現神殿長は、「では新しい神殿長にお願いしましょうかね」と年若い次期神殿長に視線を向けた。

次期神殿長は「それでは僭越《せんえつ》ながら」と一言おいて、姿勢を正す。まだ若く張りのある声が室内に響き、それに続いて参加者全員が小さく復唱していく。最後は「いただきます」の言葉で締めくくられ、会食がはじまった。

いよいよハウルの出番である。

まずは執事が簡単な説明をしてくれる。

「この度の料理は正神殿の方々からご要望を賜《たまわ》り、我が国の料理人たちが考えた料理でございます。肉や魚といった動物由来の食材は一切使っておりません。詳しくはこちらの料理人、ハウルから説明させていただきます」

執事から目配せをされる。それに小さく頷いてハウルは口を開いた。

「ご紹介にあずかりました、料理人のハウル・シュストと申します。本日はレシピの主な考案者であるリサ・クロード嬢に代わりまして、私が料理の説明をさせていただきます」

リサの名前はフェリフォミアだけではなく正神殿にも伝わっているのだろう。さらにこの場に同席しているギルフォードの養女であることも知られているのか、「リサ嬢に何かあったのですか」と彼に聞く人がいた。

それにギルフォードが「懐妊中《かいにん》でして」と答えると、「それはおめでたい！」という声があちこちから上がる。

ハウルは執事から合図をされるのを待ってから、料理の説明に入った。

「一皿目は、野菜のグリルです。冬に採れる野菜を中心にオーブンで焼き上げました。添えられているのは、ポン酢という醤油や柑橘《かんきつ》類の汁を合わせたソースになります。グリッツという木の実の汁で固めてあるので、野菜の上にのせてお召し上がりください」

ハウルの説明が終わると、参加者はさっそく食べはじめる。

「このポン酢？　のジュレというのは面白いですね！」

そう言ったのは次期神殿長だという若い男性だった。

はじめに出てきたのが野菜を焼いただけのシンプルなものだったので、彼は少しがっかりしているように見えた。でも、普通のドレッシングとは趣《おもむき》の違うジュレが気に入ったらしい。

他の参加者にとってもポン酢のジュレは新鮮だったらしく、みな楽しそうに食べていた。

まずは参加者の気持ちを掴《つか》むことができたようでホッとする。

彼らは会話を楽しみながら、ゆっくりと食べていた。だがそれほど量がないので、割とすぐに平らげてしまい、綺麗になったお皿が下げられていく。

二皿目はムム芋の前菜盛り合わせだ。全員に料理が供《きょう》されたところで、ハウルは再び説明をはじめた。

「二皿目はムム芋を使った前菜です。右からムム芋とリルのサラダ、ムム芋のすり身風フライ、ニョッキというムム芋で作ったパスタになります。ニョッキに絡めてあるのはジェバッゼを使ったジェノベーゼソースというものです。同じムム芋でも調理法によって様々な味や食感になるのを楽しんでいただけたらと思います」

説明を聞きながら、参加者たちはお皿に並ぶムム芋料理の数々に目を見張った。そして、一つずつ食べはじめる。

それぞれの味を確かめ、比べるように、じっくりと味わっていた。

「同じムム芋でも調理法を変えるだけで、ここまで味も食感も違うものなのですね……」

正神殿から来た神官の一人がぽつりと呟《つぶや》く。他の神官も同意するように頷いている。

それを見たフェリフォミア側の参加者たちは、やや得意げな表情を浮かべていた。

フェリフォミアの人たちは、もうリサの作った料理に慣れている。いろんな調理法があり、それによって味や食感、見た目が変わることはすでに知っていた。

「同じ食材であっても、こうして工夫すれば飽きずに楽しめるんですね」

先程とは別の神官の言葉に、ハウルは心の中で深く頷く。

リサの狙いはそれだった。同じ食材でもいろいろな調理法を試すことによって、飽きずに食べることができる。もちろん手間暇はかかるものの、試すだけの価値は十分にあるのだ。

それを示すことができただけでも、今回のメニューを考えた甲斐《かい》があったと思う。

ムム芋料理を楽しんでもらったら、続いて三皿目だ。

いよいよメインの料理となる。

運ばれてきたお皿を目にしたフェリフォミア側の参加者たちが、不安げな顔でハウルに視線を寄越すのがわかった。

白くて深さのあるお皿には、綺麗な俵《たわら》形のロールシューゼットがまだ湯気の上がる状態で盛りつけられている。その上からは煮込んだマローのソースがかかり、シューゼットの緑とマローの赤のコントラストがとても目を引く。

見た目はお肉を使ったロールシューゼットと変わりがない。しかし今回は中身が違う。

ハウルは不安げな目を向けてくる人々に微笑んでみせると、全員に供《きょう》されるのを待って口を開いた。

「メインはロールシューゼットになります。通常この料理はお肉をシューゼットで包んで作るのですが、今回、お肉は一切使わず、代わりに豆腐を使っています」

「……豆腐？　それはなんですか？」

お肉の代わりというのに興味を引かれたのだろう。

次期神殿長の男性がハウルに質問してくる。

「豆腐とは豆の搾《しぼ》り汁をにがりというもので固めた食品です。その豆腐にニオルとパニップを混ぜたものをシューゼットで包み、マローのスープで煮込みました。動物由来のものは使っておりませんので安心してお召し上がりください」

ナイフを入れると柔らかく煮込まれたロールシューゼットは簡単に切れる。しかし、しっかりと包んであるため、形が崩れることはない。

断面から見えるのは通常のロールシューゼットよりやや白っぽい中身。豆腐を使っているタネの中には、みじん切りのニオルとパニップが混ぜ込んであるのが見えた。

それを頬《ほお》張《ば》った一人の神官が目を見開く。キラキラと目を輝かせながら咀嚼《そしゃく》して呑み込むと、興奮した様子で口を開いた。

「おいしいです！　お肉じゃないのに、お肉を食べているみたいだ……!!」

他の神官も感激した様子で「お肉を使っていないなんて、言われないとわかりませんよ！」と言っている。

「本当に肉に近い味ですね。ややあっさりめですが」

フェリフォミア側の参加者の一人が頷きながら呟《つぶや》く。確かに本来のロールシューゼットを知っていたら、あっさりとした味に感じられるかもしれない。

「でもこちらは食感がふわふわしていますね」

豆腐を使うと食感が軽くなる。それにあっさりしているので、そのぶん、濃いマローのソースがよく合うはずだ。

神殿の人たちは肉に似た食感を楽しみ、フェリフォミアの人たちは肉との違いを楽しんで食べている。同じ料理でも人によって違った楽しみ方があるんだなと、ハウルはしみじみ思いながら眺めていた。

ロールシューゼットを食べ終えると、参加者たちは空腹が満たされてきたのか満足げな雰囲気が漂う。

料理も残り三品。そのうちの二品が一緒に供《きょう》された。

「続いては炊き込みご飯と味噌汁です。炊き込みご飯は、乾燥きのこにパニップ、ミズサイの葉を、野菜の出汁《だし》で炊き込みました」

ミズサイはリサが元いた世界では大根と呼ばれるらしい。出汁《だし》と醤油で味をつけた香ばしいご飯に、赤紫色のパニップ、ミズサイの葉の緑が彩《いろど》りを添えている。

「味噌汁は豆腐を具材にしております。本来の豆腐を味わっていただきたいと思い、シンプルに豆腐のみの味噌汁にしてみました」

ハウルの説明を聞き、神官たちは目の前にあるお椀を覗き込む。

「この白いのが本来の豆腐なのか」

「それより、この味噌汁というスープは独特の香りがしますね」

神官たちの言葉に応えるようにハウルは説明を続けた。

「調味料である味噌も豆から作られています。ちなみに先程のロールシューゼットも味付けに味噌を使いました」

「え、あれにも味噌を!?」

「マローには合わなそうだけど、全然違和感がなかったな」

フェリフォミア側から驚きの声が上がる。ハウルもはじめは味噌を使うことに驚いた。

でも、食べてみると違和感どころか、妙にしっくりきてびっくりしたものだ。

むしろ言われなければ、まさか味噌が入っているとは思わないだろう。それほど、ロールシューゼットの味は調和が取れていた。

参加者たちは炊き込みご飯を食べつつ、味噌汁を飲む。

どちらもバイレという海藻と野菜で取った出汁《だし》を使ってあるので、旨みの詰まった深い味になっている。

だがおいしそうに頬張《ほおば》る参加者の中で、あまり食が進んでいない人がいた。それは現神殿長だ。料理が気に入らないわけじゃないようだが、見るからに手が止まっている。

そこでハウルは執事に視線を送った。すると彼は給仕の一人に声をかけ、準備していたものを持ってきてもらう。

給仕の女性が持ってきたのは、やや大きめのポット。その中にはお出汁《だし》が入っていた。

「こちらの炊き込みご飯ですが、別の食べ方もございます。お出汁《だし》をかけて食べると、より食べやすくなりますよ。よかったら試してみてください」

給仕の人たちがポットを持ってそれぞれの席を回り、お出汁《だし》をかけるかどうかを聞いていく。

真っ先に反応したのはギルフォードだった。

「私のものに、お願いできるかい？」

近くにいた給仕がギルフォードの炊き込みご飯にお出汁《だし》をかける。お出汁《だし》の優しい香りがふわりと周囲に広がった。

ギルフォードは現神殿長に視線を向ける。

「こうすると、とても食べやすくなるんですよ。飲みすぎて次の日にお酒が残ってしまった時や、食欲のない時に、娘のリサが作ってくれることがあります。よかったら神殿長もいかがですか？」

「では私ももらいましょうか」

現神殿長の炊き込みご飯にもお出汁《だし》が注がれた。器《うつわ》に半分ほど残っていたご飯がほろりと崩れ、お出汁《だし》に馴染《なじ》んでいく。

食べやすいように木製のスプーンを用意したので、神殿長はそれを手に取る。熱々のお出汁《だし》に浸《ひた》った炊き込みご飯を、やけどしないように冷ましてから頬張《ほおば》ると、ホッと息を吐いた。

どうやらお気に召したらしい。ゆっくりとではあるが、順調に食べ進めていく。

それを見て、他の神官たちもお出汁《だし》をかけはじめる。中には炊き込みご飯を全部食べてしまい、おかわりをしている人もいた。

食欲がなくても、さらさらと食べることができる出汁《だし》茶漬け。その工夫によって、それぞれの茶碗の中身は綺麗になくなった。

豆腐の食感や味を確かめながら、味噌汁も平らげている。

最後の料理であるデザートは、リルの実とミルクのゼリー。それについても、ハウルはしっかりと説明する。

皆お腹がいっぱいになり、味にも満足したようで、会食の場には穏やかな空気が流れていた。

執事の誘導でそっとその場を辞す。こうしてハウルの役目は無事に終わった。

第二十一章　ようやく解放されました。

緊張から解き放たれ、ハウルはホッと息を吐く。

「ハウルくん、お疲れ様」

控えの間で待機していたリサが優しく声をかけてくる。その顔を見て、ハウルはさらに安堵した。

「僕、大丈夫でしたか？」

「壁越しに聞いてたけど、まったく問題なかったよ！　やっぱり試作から関わってくれた分、料理の理解も深いし、説明も的確だったね。参加者の皆さんも喜んでたと思うよ」

「それならよかった……ギルフォードさんが助けてくれて、本当に助かりました」

「ギルさんは料理人じゃないけど、私の料理を食べる機会が多いから結構詳しいんだ。出汁《だし》茶漬けの時、神殿長さんに配慮したメニューだと察してくれたんだと思う。それに、神官さんたちの食生活を心配していたみたい。神官さんには精霊と契約している人も多いし、ギルさんとの関わりも深いから、余計に会食の成功を望んでいたんだと思うよ」

「そうなんですね」

「ギルさんには、私の方からお礼を言っておくね」

「お願いします」

そうしてリサと話しながら第一厨房《ちゅうぼう》へ向かっていると、廊下の先に人影が見えた。

「お疲れさん～」

背の高い男性が片手を上げ、寄りかかっていた壁から背中を離す。こちらに声をかけてきたその人物を見て、ハウルは目を見開いた。

「キース！」

茶色の長髪を一つに結んだ彼はキース・デリンジェイル。元は王宮の副料理長で、現在は料理科の講師をしている。

　彼こそがハウルに料理を教えてくれた人だった。

「え、なんでここに？」

「ちょっと料理長に用事があってな。ところで国賓《こくひん》とやらの会食は終わったのか？」

「今終わったよ。緊張した……」

「ははは、ハウルでも緊張することあるんだな」

「……僕だって緊張くらいするよ。今までにない大役だったし。でも、ちゃんとやれたと思う！」

「そうか」

　ハウルもだいぶ背が伸びたが、キースの目線はまだ少し上にある。そんなキースを見上げると、彼はフッと笑った。そして、突然ハウルの頭に手を置いたかと思うと、ワシャワシャと髪をかき混ぜてくる。

「うわっ！　な、何？」

「うん、まあなんていうか、でかくなったなぁって思ってな」

　きっと頑張ったハウルを褒めてくれているのだろう。ハウルはキースの手を避《よ》けて、ふいっと視線を逸らす。

「そりゃあね、僕だっていつまでも子供じゃないし！」

成長を認められたのは嬉しいが、それを素直に受け入れるのは少し照れくさい。強がるようにハウルが言うと、「そっか。そうだな」と、キースは優しげに笑う。

しかし、ボサボサになった髪を直していたハウルはそれに気付かなかった。

「ふふ、ハウルくんって、キースくんの前だとこんな感じなんだ～」

その声にハッとして後ろを振り返ると、リサがニヤリと笑っていた。

「いや、あのっ……！」

「くくっ、素《す》のハウルはこんな感じだぞ？」

「ちょっとキース!!」

恥ずかしくなったハウルは、キースに向かって眉をつり上げる。

「なんだよ、本当のことだろう？」

「……それは、そうだけど……！」

「ほら、厨房《ちゅうぼう》に戻るんだろ？　さっさと行くぞ～」

おかしそうに笑いながらキースが先に歩き出す。

「キース！」

「ふふふ、ほらハウルくん行こう」

「う……、はい」

リサも歩きはじめたので、ハウルは彼らについていった。

横に並んでチラリと見上げれば、キースはニヤニヤとしている。それに少しムッとしたハウルは、彼の脇腹にパンチを繰り出した。

不意打ちを食らい、「うっ」と言って体をくの字に曲げたキースに、ハウルの溜飲《りゅういん》が下がる。

そんな二人のじゃれ合いを、リサは横で見ながらクスクスと笑った。


第一厨房《ちゅうぼう》に行くと、夕食の仕込みがはじまるところだった。

「料理長、戻りました」

「おう、ハウル。お疲れさん。リサ嬢もありがとう。……ってキースもいるのか」

「そこでたまたま会ったんですよ」

マキニス料理長の言葉にキースが応える。

「そうか。ひとまず事務室へ行こう。……おい、ちょっと抜けるからここは任せる！」

他の料理人たちにその場を頼むと、彼はハウルたちを連れて事務室に移動した。

「さて、まずハウル。会食の方はどうだった？」

「喜んでもらえたと思います」

「ハウルくんの説明はしっかりしてましたし、私の出番はありませんでした」

リサもそう言ってくれたので、料理長は破顔《はがん》した。

「そうか。よくやったな、ハウル」

「はい！　ありがとうございます！」

料理長から褒められて、ハウルは胸がジンとする。緊張したし、不安もあったけれど、大役を無事に終えることができて安心した。

「……その様子を見ると、いろいろと吹っ切れたみたいだな」

「え？」

「部門への配属を保留にされたことに悩んでたみたいだからな。まあ、それはこいつも同じだったんだが」

こいつ、と言って料理長が指したのはキースだった。

「え、キースも？」

「ちょっと、いつの話をしてるんですか……」

キースはばつの悪そうな表情で料理長に反論する。

「くくっ、ちょうどハウルと同じくらいの頃だよ。まあ、お前の場合、ハウルとは比べものにならないほど捻《ひね》くれてたけどな」

「えっ？　キースくん、捻《ひね》くれてたの？」

「リサ嬢も勘弁してくれ……」

リサの反応に、キースはますますげんなりした顔をした。

――キースも悩んでたの……？

自分の知らないキースの過去に、ハウルは興味を引かれた。すると、料理長がハウルに視線を向ける。

「キースもな、小器用なやつだったから、どのジャンルを任せても人並みにできて、どこに配属するか迷ってな。本人もどこでもいいって言うし。だからひとまず保留にして、いろいろやらせてみようと思ったんだが……キースのやつ何を勘違いしたんだか、自分だけ評価されてないって、やさぐれちまってたんだ」

「いや〜、あれはやさぐれたくもなりますって。そもそも料理長の言い方も悪いでしょ。現にハウルだって同じように悩んでたわけだし」

「そうかぁ？　俺はちゃんと言ったぞ？　見極めたいから配属は見送るって」

「いやいや、その見極めたいって言葉が厄介でしょ。何を見極めるのかわかんないし、変に勘違いしますから」

料理長に反論したキースは、はぁとため息を吐《つ》く。そして、ハウルに顔を向けた。

「あのな、ハウル。料理長はお前が将来、副料理長クラスになれると期待してるんだ。それまでにいろいろやらせたいから、しばらく見極めるって言ったんだろう」

「え……、副料理長……？」

まだ新人のハウルにとって、思ってもみない話だった。

「一つの部門に決めると、それしかできなくなっちまうからな。副料理長も全部の部門を担当するわけじゃないが、部門同士の繋ぎ役という意味では全体を知らないといけない。だからハウルにはいろんな部門を経験してほしかったんだよ」

「そうだったんですか……」

悩んでいたけれど吹っ切れはしたし、今回のような大役を任されたのだから期待されていないわけじゃないと、ハウルなりに理解していた。

でも料理長がそんな先のことまで見越していたなんて、ハウルは思いもしなかった。

「ハウルくんってしっかりしてるし、説明や指示も的確でわかりやすいからね。人をまとめる力もあるから、副料理長は向いてると思うよ」

「あ、ありがとうございます！」

リサにも太鼓判を押され、ハウルは恐縮しつつお礼を言った。

正直、ハウルにはまだ実感はない。いつかはなれたらいいなと漠然《ばくぜん》と思いはしても、それは十年も二十年も先の話だった。

しかし、料理長が新人であるハウルに期待を寄せてくれている。

それはとても嬉しいことだった。

さらに……

――キースと同じ副料理長……！

かつてキースはこの厨房《ちゅうぼう》の副料理長だった。

憧《あこが》れのキースと同じ立場になるなんて信じられないけれど、料理長が期待してくれる限り、その可能性はある。

それを考えると、無性に胸がドキドキした。

もはや特定の部門に配属されなかった悩みはどこかに行ってしまった。むしろ今思えばとても小さなことに悩んでいたような気がする。

――キースがそうだったように、僕も……いや、それを超える副料理長になりたい！

王宮の厨房《ちゅうぼう》で働くことが夢だった。

でもそれは通過点に過ぎない。今のハウルには新しい夢があり、それに向かって進んでいこうと思う。

決意のこもった目をしているハウルを、リサが微笑みながら見つめていた。

第二十二章　陰ながら見守っていました。

「お疲れー」

「お疲れ様ですー」

マキニスとキースは手に持ったゴブレットをカチンと合わせ、そのまま中身を呷る。

冷えたワインが喉《のど》を通り、酒精《しゅせい》が体に染みわたる感じが心地よい。

「国賓《こくひん》さんたちに喜んでもらえてよかったっすね」

つまみとして出されたソーセージをつつきながらキースが言った。

肉も魚も使わない会食。

それを聞いた時は、これまでに考えたことのない献立《こんだて》を求められ、マキニスは頭を抱えた。

ここ数年、フェリフォミア王国の料理の水準は上がり続けており、他国からこういった依頼が来ることも少なくない。

しかし、王宮の厨房《ちゅうぼう》は、基本的に王族や王宮で働く職員の食事を作るためのもの。もちろん、賓客《ひんきゃく》が来た時の料理を作るのも仕事のうちだが、どんな献立《こんだて》にするかはこちら側で決めるのが通例だった。

正神殿の神官たちが来るのは二十年ぶり。国賓《こくひん》としてもてなす必要があるし、フェリフォミア王宮として心を尽くしたいという気持ちもわかる。けれど、その神官たちからの難題には、マキニスだけでは対応できなかった。

今回は妊娠中でたまたま時間があったリサ、そして料理科で彼女の教えを受けたハウルの活躍で乗り切ったものの、これからこういうことがさらに増えるのであれば、何か対策を考えないといけないとマキニスは思った。

「リサ嬢とハウルのおかげで助かったよ。お前にも心配かけたな」

実を言うと、リサに相談する前にマキニスはキースに声をかけていた。何しろリサは身重で、カフェと料理科の仕事も一時的にお休みしている。

そんな彼女に助けを求めるのは酷《こく》だと思ったからだ。

しかし、逆に暇しているからとリサの方から協力を申し出てくれた。

一方、キースの方はリサが抜けた穴を埋めるため、料理科の仕事が忙しい。マキニスの力になりたくても現状難しかったようだ。

そんないきさつがあったので、マキニスははじめに相談を持ちかけたキースにも心配をかけたのではないかと思っていた。

「ははは。正直、俺は心配してなかったですけどね」

そう言ってキースは軽く笑う。

「リサ嬢がレシピを考えて、試作はハウルがやるっていうなら、なんの問題もないと思ってましたから」

「……なんでだ？」

キースの言葉が意外で、マキニスは思わずそう問いかけた。

「リサ嬢の力を信じてるっていうのもありますけど、それよりハウルの方をよく知ってるってのが大きいですかね。あいつは俺よりもっとすごい料理人になりますよ。断言できます」

「そこまでか」

いつも飄々《ひょうひょう》としていて、あまり確定的なことを言わないキースがここまで言い切ったことに、マキニスはとても驚いた。

彼が目を見開くと、それを見たキースは肩を竦《すく》める。

「まあ、俺より真面目っていうのもありますけど、それだけじゃない。俺が料理してるのを昔から見てたっていうのも関係あんのかな？　妙に料理に関する勘が鋭いんですよね。いちいち説明しなくても、すぐ理解するっていうか……」

キースは「上手く言えないんですけど……」と難しい顔をしている。

だがマキニスにはちゃんと伝わった。

マキニスも薄々ではあるが、ハウルの素質は感じていた。

王宮の厨房《ちゅうぼう》には毎年数多くの新人が入ってくる。たいていは料理経験がほとんどないか、家で多少したことがある程度。

それをゼロから育て上げるのだが、今年入ったハウルとウィリスは違う。

料理科で料理の基礎をたたき込まれている。

もちろんそのままでは現場では通用しない技術もあるが、実践的な力を持つ彼らは即戦力だった。

新人たちの中で頭一つ抜けている料理科出身の二人。特にハウルは別格だった。

ウィリスももちろん優秀だ。しかし、本人がスープ部門を望んでいたこともあり、そちらを専門に伸ばしていけばいいだろうと考えた。

一方で、ハウルはなんでもできる。

それこそ王宮の厨房《ちゅうぼう》で働く料理人の中でも中堅程度に値《あたい》する実力があった。入ってきたばかりの新人だというのにだ。

それも料理科での教育の賜物《たまもの》かと思ったが、決してそれだけではないと、長年多くの料理人を見てきたマキニスは思った。

今、目の前にいるキースと似た――いや、彼を超えるような素質を持っているかもしれない。

「お前に似てるよ」

ぽつりとマキニスは呟《つぶや》く。

昔のキースは育ちのせいか、とても擦《す》れた少年だった。

一方、ハウルは礼儀正しく一見すると素直。しかし、優等生のようでいて、あれもなかなか食えないタイプと見た。

キースは割とニヤニヤしていることが多く、ハウルはいつもふんわりと微笑んでいる。どちらも笑顔の下に本心を隠すタイプだろう。そういう面も含め、料理の世界で上に昇っていける人材だと思う。

人の上に立つには、ある程度のずるさも必要になってくる。

頭の回転が早く、損得を考えて割り切った判断ができることが二人の強みである。そうやってこれまで生きてきたというのもあるのだろう。

キースとハウルはタイプが違うようでいて、本質的には似ている。まだハウルとはなかなか話す機会もないけれど、マキニスはそう感じた。

「……似てますかね、俺ら」

「中身はな」

「うーん……それはハウルにとっていいことなのかどうか……。あいつは俺に妙な憧《あこが》れを抱いてるっぽいからなぁ」

「それは、なんとなくわかる」

「憧《あこが》れられるほどたいした人間ではないんですけどね」

そう言ってキースは苦笑するが、どこか嬉しそうに見える。

マキニスはハウルをキースと同じように育てるつもりだった。だが、部門への配属を保留にしたことで、ハウルを予想外に悩ませることになってしまった。

「……俺もハウルともう少し話をすればよかったな、と反省したよ」

マキニスは呟《つぶや》く。

ハウルには期待しているが、一人だけを特別視することはできないため、彼だけのために時間を取ってマキニスの考えを伝えるということはしなかった。

そのことを申し訳ないと思う一方で、このくらいで潰れていては上は目指せないぞという気持ちもある。

今回、国賓《こくひん》の献立《こんだて》作りの助手になったことで、ハウルもいろいろと吹っ切れたようなので、今後の活躍に期待したいところだ。

「ま、クドクド言わないところが料理長のいいところでもありますからね！」

「……おい、それは褒めてるのか？」

「もちろん褒めてますよ！」

キースは笑ってゴブレットを呷る。マキニスは少し疑わしげな目を向けつつ、同じようにゴブレットを呷った。

第二十三章　祝福を授かりました。

国賓《こくひん》の会食が無事終わると、春の芽吹きが感じられる頃合いになっていた。

リサのお腹ははち切れそうなくらい膨らみ、近頃は少し動くだけでもなかなか大変だ。

「もうすぐかしら？」

アナスタシアが期待と不安の入り交じった表情でリサのお腹を見つめている。

すでに臨月を迎え、赤ちゃんはいつ生まれてもおかしくない時期に入ったのだ。

「準備はできてますし、そろそろ出てきてくれてもいいんですけどね」

「あ～早く会いたいなぁ」

ギルフォードはとろけそうな笑みを浮かべて言った。

週に一度の休息日なので家にいるギルフォードは、いつ生まれてもいいようにとリサのそばについている。

ジークはじっとしていられないのか、厨房《ちゅうぼう》で料理をしているらしい。ただ、せっかく作ってくれてもリサはあまり食べられない。医師から体重の増加にはくれぐれも気を付けるようにと言われているからだ。

一時期は胃が圧迫されていたようで食欲が落ちていたが、今はそれもなくなった。逆に食欲が増して、食べすぎてしまう人が多いそうだ。

ジークが作ってくれるおいしいお菓子を食べたいが、ぐっと我慢している。そのお菓子はメリル他、クロード家の使用人のお腹に消えていっている。

――最近、メリルが少しふっくらしてきた気がするんだけどね……

おいしいものが大好きなメリルは当然、ジークの作るお菓子も大好物だ。喜んで食べているが、ここ最近はお菓子作りの頻度《ひんど》が高いため、彼女の体重に影響が出ているよう

ない。
リサの代わりに太ってくれていると思えば、侍女の鑑《かがみ》と言えなくもない……かもしれに見える。

そんなことを考えながらゆるりと過ごしていると、執事長のレイドがギルフォードを呼びに来た。どうやら来客があったらしい。

部屋を出ていくギルフォードを見送り、リサは中断していた編み物を再開する。今作っているのは赤ちゃん用の靴下だ。

アナスタシアから編み方を教わっているのだ。少し前から編みはじめ、ようやく両足の分を編み終えそうだった。

「リサちゃん、ちょっといいかい？」

先程部屋を出ていったギルフォードが戻ってきた。

「なんですか？」

「リサちゃんに是非会いたいっていう人が来ていて……、通しても大丈夫かな？」

「こんな格好でよければ……」

お腹が出ているため、ゆったりめのワンピースを着ている。部屋着のようなものなので、客人の前に出るのは少しためらう格好だ。

「ほほほ、こちらはまったく構いませんよ」

ギルフォードの後ろから、どこかで聞いたことのある声がした。

リサが編みかけの靴下を置いて立ち上がると、その人が部屋の中に入ってくる。

「えっと、もしかして正神殿の神殿長様ですか……？」

「私のことをご存じでしたか」

「実は会食の時、隣の部屋に控えていたので」

「そうでしたか。とてもおいしい食事をありがとうございました。おかげで最後の巡礼の旅は楽しく過ごすことができました」

神殿長は優しげな顔に刻まれた皺を深め、微笑んだ。

「おいしく召し上がってくださいまして、こちらこそありがとうございます。……ですが、私はレシピを考えただけで、作ってくれたのは王宮の料理人の皆さんです。お礼なら私よりも彼らに……」

リサはあれこれと指示を出しただけで、実際に試作したのはハウルだし、当日の料理を作ったのは王宮の料理人たちである。リサ一人の力でできたことではなかった。

「ええ、もちろん彼らにもお礼を伝えてきました。その上でリサ殿にもと思い、ギルフォード殿にお願いした次第です」

リサが視線を向けるとギルフォードは頷いた。ここは素直にお礼を受け取っておくべきなのだろう。

「そういうことでしたら……」

「ふふ、ではささやかながら私から祝福を贈らせていただきたい。リサ殿とそしてお腹の赤子が健《すこ》やかに過ごせますようにと」

「はい、お願いします」

リサは微笑んで受け入れる。

神殿長から座るように言われ、リサは編み物をしていたソファに座った。神殿長がその前に立つと、リサの背中に隠れていたバジルがひょっこりと顔を出す。

「おや、このお方はリサ殿の？」

「ええ、私の精霊のバジルです」

「そうでしたか、それではバジル殿のお力も少しお借りしましょうかね」

神殿長がそう言うなり、羽織《はお》っているローブのようなものの中から二体の精霊が飛び出してきた。

さらにギルフォードの精霊が加わると、リサの周りには合計六体の精霊が揃《そろ》った。

精霊たちに向かって神殿長はにこりと笑いかける。そして目を閉じると、優しげでありながら力強い声で言葉を紡《つむ》いでいく。

それはリサにはわからない言葉だったが、どこか懐かしく胸に染み入ってくるような響きだった。

精霊たちも重ねるように声を合わせる。

彼らと神殿長が両手を組み合わせると、その手の中にどこからか光が集まってきた。

やがて不思議な言葉が余韻《よいん》を残して終わり、神殿長と精霊たちは両手をほどいた。

すると、リサの頭の上からキラキラとした光が雪のように降り注ぐ。温かな優しい光が数秒の間リサの周りを漂い、そして、シャボン玉がはじけるように消えていった。

「リサ殿と御子《みこ》のこれからに幸多《さち》からんことを」

目を開けた神殿長が笑みを深めてリサを見つめている。

とても綺麗で神秘的な祝福だった。

「ありがとうございました！」

「いえいえ、元気な子を産んでくだされ」

「はい」

バジルがリサの肩に戻ってくる。頬を紅潮させ、バジルも嬉しそうだ。

「では、長居をするのも悪いので、私はこれで失礼しますよ」

「あら、お茶でもいかがですか?」

もてなす準備をしていたアナスタシアが声をかけるが、神殿長は微笑みを浮かべて言った。

「これから正神殿に戻らなければならないのです。お気持ちだけありがたくいただきます」

「そうでしたの。お気を付けてお帰りくださいね」

リサはアナスタシアやギルフォードと共に神殿長を見送る。玄関前にはシンプルな馬車が停まっていて、神殿長はそれに乗り込んでクロード家をあとにした。

「すごいよ、リサちゃん!」

「はい?」

「あの祝福は神殿長じゃないとできない祝福なんだよ! しかもそれなりに力のある精霊が揃《そろ》わないと見られない、本当に稀少《きしょう》なものなんだ!」

ギルフォードは興奮した様子で言った。

「そんなにすごいものなんですか?」

「そうだよー!! 普通、精霊は契約した相手にしか従わないんだけど、神殿長の祝福の時は違っていたでしょ?」

「そうですね。バジルちゃんにあんなことができるなんて知りませんでしたし」

「バジルも不思議な気持ちでしたよ！　なんだか自然とこう……」

リサの言葉に応えようとバジルが口を開くが、上手く説明できないようで何やらジェスチャーをしている。

「精霊にもよくわからないみたいだけど、女神様のお力の一欠片《ひとかけら》をお借りしているって感じなのかもね。でも、相手のためにただ純粋に祈る気持ちがなければできない祝福であることは確かだよ。あの祝福を受けられたことは、とてもありがたくて縁起のいいことなんだ」

「それは嬉しいですね。私自身はともかく、この子が幸せに育ってくれたらいいなあって思います」

リサはそう言いながら、丸く膨らんだお腹を撫でる。

「ほら二人とも、早く中に入りなさいな。春になったとはいえ、まだ寒いんだから」

アナスタシアの声にリサとギルフォードは顔を見合わせる。ギルフォードがそっと背中を押してくれて、リサは家の中に入った。


その日の夜。

リサの陣痛がはじまった。

エピローグ

クロード邸別館のとある部屋の前で、ジークは待っていた。用意された椅子に座っては立ち上がり、部屋の前をうろうろする。そんなことを数分おきにしている。

彼には珍しく、じりじりした気持ちを隠しきれないでいた。

なぜなら、リサがその部屋に入ってからだいぶ時間が経っているからだ。

いや、時間が経っているように感じるのはジークと、一緒に待っているギルフォードだけなのかもしれない。

アナスタシアを含め、クロード家の女性陣が慌ただしく動く中、ジークやギルフォードはただひたすらに待つことしかできない。

部屋の中がどうなっているのか。リサは大丈夫なのか。知りたくてもそれを知る人たちは忙しくて、声もかけられない状態だった。

どれだけ待っただろう。

物音がフッと途切れたような気がした、次の瞬間――

元気のいい泣き声が部屋の外にまで聞こえてきた。

「……っ……！」

うつむいていたジークはハッとして顔を上げた。

「生まれた⁉　生まれた⁉」

隣にいるギルフォードがそう言いながらジークの肩を掴《つか》む。

「たぶん、生まれましたよね……？」

「だよね！」

ジークとギルフォードは顔を見合わせる。そして、興奮したギルフォードがジークをがばっと抱きしめた。耳元で叫ぶギルフォードの声を聞きながら、ジークはまだ信じられない気持ちでいた。

嬉しいけれど実感がない、でも愛しさも湧いてきて……。ふわふわとした不思議な気持ちだった。

しばらく経つと、ようやく部屋のドアが開いた。

「ジークくん、ギル、中に入っていいわよ」

アナスタシアが少し疲れた様子を見せながらも、嬉しそうに笑って二人を部屋の中へと誘う。

ジークが部屋に足を踏み入れると、リサはベッドの枕にゆったりともたれて、その腕におくるみに包まれた小さな命を抱えていた。

「ジーク」

少し掠れた弱々しい声で呼ばれ、ジークはベッドサイドに近づく。

「ふふ、可愛いでしょ」

リサの腕の中を見ると、まだ顔がくしゃくしゃな赤ん坊がいた。泣き疲れたのか今は眠っているようだ。でもしっかりと息づいているのがわかる。

「俺とリサの子供……小さいな」

「生まれたばかりだからね」

「そうだな」

言いたいことはたくさんあったはずなのに、気の利いた言葉がまったく出てこない。

それでもリサは気にしていないようで、ただ微笑んでいる。慈愛《じあい》のこもった眼差しを腕の中の赤ん坊に向けているリサは、今まで見てきた中で一番綺麗だった。

ジークは汗でしっとりとしているリサの前髪をかき分ける。

そして、彼女のおでこに唇を寄せた。

「ありがとう、リサ。――ありがとう」

――この世界に来てくれて。俺と出会ってくれて。料理を教えてくれて。俺を愛してくれて……

数え切れないくらいの感謝と愛しさがこみ上げてきて、ジークの目には熱いものが浮かんだ。

その熱さを感じて、目をぎゅっとつぶる。

腕で囲うようにリサと赤ん坊をまとめて抱きしめると、リサがふふっと笑う声が聞こえた。

リサは昨日、正神殿の神殿長から祝福を受けたと言っていたけれど、ジークは今まさに祝福を受けているような気持ちだった。

『女神様の思《おぼ》し召し』

そう精霊に教えられ、リサはこの世界で生きてきた。

お互い違う世界にいたはずのリサとジークは、もしかしたら出会わない未来もあったかもしれない。

でも、あの日、たまたまジークはカフェ・おむすびの前を通りかかり、おいしそうな匂いに惹《ひ》かれてしまった。リサの料理に、さらにはリサ自身に、強く惹《ひ》かれてしまったのだ。
はじめはクッキーで、その次は甘いプディングで。
今や二人で作った料理は数え切れない。
そして、これからもさらにたくさんの料理を作っていくことになるだろう。
今度はこの腕の中の子供も一緒に。
それは途轍《とてつ》もなく幸せで、温かくて、とてもおいしい日々に違いない。
ジークはもう一度、リサの額にキスを送ると、これから先の未来に思いを馳《は》せた。

ある料理人の愛情

「キース先生、さようなら〜」

校舎の二階にある職員室に向かって階段を上っていると、生徒たちが楽しげに下りてくる。今日の授業が終わり、今は下校時刻だ。しかも、明日から短い冬休みがはじまる。そのため生徒たちは、うきうきとした足取りで帰っていく。

「おー、気を付けて帰れよ〜」

階段を駆け下りていく生徒の背中に声をかけると、「はーい！」という浮かれた声が返ってくる。

元気な彼らにフッと微笑むと、キースは止めていた足を再び動かした。

キース・デリンジェイル。

元王宮の副料理長で、現在はフェリフォミア国立総合魔術学院の料理科で講師をしている。料理科の設立時から勤めているため、今年で四年目になる。

料理科とはいえ、学校の講師になるとは、かつてのキースは予想もしていなかった。向き不向きの問題ではない。

そもそもキースは人にものを教えられるような育ち方をしていないと思っていたからだ。

学院が冬休みに入ると、キースも必然的に休みとなる。仕事以外に趣味らしい趣味もないキースは時間を持て余していた。

そんな時に向かうのはたいてい二箇所。一つは王宮の厨房《ちゅうぼう》だ。料理科の講師をはじめてからも、ちょくちょく顔を出しては手伝っていた。

特に学院は夏休みがとても長いので、その時期は毎日のように王宮の厨房《ちゅうぼう》に行っては、持て余した時間を使っていた。

しかし、この時期は王宮よりも、もう一箇所に行った方が役に立てるかなと思い、キースはそちらに足を向けた。

立て付けが悪く、ギギッと音がする門扉《もんぴ》を通り抜けて、玄関ドアを開ける。

「こんにちは～」

中に声をかけると、視線が一斉に集まった。

「あ！　キースだ！」

そう言って、子供たちがわらわらと寄ってくる。

ここはイシドール第二孤児院。キースの育った場所だ。

「よう、チビども。元気してたか？」

「元気だよ！　ちょっと風邪引いてる子もいるけど」

「そうかそうか」

足にまとわりついてくる小さい子たちをあしらいつつ、部屋の奥へ進む。

「あら、キース。おかえりなさい」

賑《にぎ》やかな声を聞いて出てきたのか、年配の女性がやってくる。

「院長先生、こんにちは」

キースが孤児院にいた頃は若かった彼女も、今は皺の浮かぶ年老いた顔になった。その顔は時の流れを感じさせつつ、しかし時間が経っても変わることのない苦い気持ちを、キースの心に浮かび上がらせる。

しかし、一時期は近寄りもしなかった孤児院に、こうして足を向けられるようになったのは大きな進歩だった。それだけ、自分の幼い頃の記憶と折り合いがつけられるようになったのだと思う。

――あの女の顔も、もう思い出せないしな。

キースを孤児院に置いていった女――生みの親とはそれっきりだ。

覚えているのは、いつも口紅が塗られていた赤い唇と、恋人らしき男の怒鳴り声。

仕事も恋人も長続きしなかったらしい女は、すべてがだらしなかった。その日暮らしで、男のもとを転々とする生活。一人の時はそれでもよかったのだろう。

しかし、キースという瘤がついているのがよくなかった。

中には同情して優しくしてくれる男もいたが、身持ちを崩した女の相手をするような男だ。そいつらもまた、ほとんどがろくでなしだった。

行く先々で邪険にされ、女もまた仕方なく産んだキースのことを大切にしようとはしなかった。

そのくせ、男から傷つけられた時だけはキースのことを抱きしめてくる。

『私を愛してくれるのはキースだけよ』

自分の子供だから絶対的に自分のことを愛してくれる。女はそう思っているようだった。

――自分は息子のことを愛しもしなかったくせに……

幼いキースには女からの言葉が嬉しかったし、女が自分を愛してくれると、その時はまだ期待していた。今思えば、なんて純粋で愚かな考えだったんだろうと思う。

そんな生活が五歳頃まで続いた。

転機が訪れたのは、ある男のもとに転がり込んでいた時だった。

その男は珍しく、女だけでなくキースにも優しくしてくれた。

いや、優しすぎた。

女がいない時、男は豹変《ひょうへん》した。気色悪い猫なで声でキースの名前を呼びながら、キースの足にさわさわと触れてくる。

微笑んでいるようで、目だけはぎらぎらとしていて、キースは向けられたことのない眼差しにただ怯《おび》えた。

女は男に困らないくらい美しかったし、その息子であるキースもその容姿を引き継ぎ、幼いながらも整った顔をしていたからだろう。

怯《おび》えるキースに男は薄っぺらい言葉を重ねながら迫ってくる。男が何をしようとしているのかキースはわからなかったが、よくないことであることだけは漠然《ばくぜん》と理解できた。

体を硬くするキースの服を少しずつ脱がせてくる男に、抵抗することもできずにいた時。あの女が帰ってきた。

『お母さんっ……』

助けて、と言うように彼女を呼んだキース。男とキースの状態を見て女は唖然《あぜん》としたが、ハッとして我に返ると、あろうことか男を責めるのではなくキースを睨《にら》みつけてきたのだ。

ヒステリックにわめく女の言葉はよく聞こえなかったが、要は自分ではなくキースが愛されることが我慢ならなかったらしい。

男がキースにしようとしていたことは愛じゃない。

だが女はそうは思わず、キースが男を奪い取ったと思っていた。

その瞬間まで、キースは歪《いびつ》ながらも母親は自分のことを愛していると信じていた。それが普通の家庭とはちょっと違っていても、キースと母の間には確かな親子の絆《きずな》があると、そう願っていた。

しかし、それは間違いだった。

女が愛していたのはキースじゃない。

キースのことは、男たちがいない間に自分の心を埋める小さなピースぐらいにしか思っていなかったのだ。

それからの記憶は曖昧《あいまい》だ。女は愕然《がくぜん》としているキースを孤児院に置いていったらしい。気が付けばキースは孤児院で保護されており、女の姿は消えていた。

女とはそれっきりだ。

孤児院での生活はそれまでの生活に比べたら驚くほど快適だった。食事は三食出てくるし、決まった寝床もある。

部屋の隅で存在を消すように息を潜めなくてもいいし、ヒステリックな金切り声や腹にビリビリくる怒号もない。

……それなのにキースの心には、ぽっかり穴が空いたようだった。

空虚《くうきょ》な気持ちのまま孤児院で過ごしたキースは、しばらく経って理解した。

自分は母親に捨てられたのだと。

もう彼女が自分を迎えにやってくることはないと。

あの女にとって、キースは心の隙間を埋めるためのものだったかもしれない。でもキースにとっては世界にたった一人の母親だった。

たとえ愛されていないとしても、いつかキースの方を見てくれる。そう願っていた。でも、彼女が見ていたのは自分自身だけ。キースを見ている時も、キースを通して見える自分を見つめていたに過ぎなかった。

振り返ってみれば、捨てられたというのも適切ではないのかもしれない。何しろいつ壊れるかわからない薄氷《はくひょう》の上にいるような関係だったのだから。

キースが信じていた母親との絆《きずな》は、容易に断ち切られた。

ああ、自分はなんてついてないんだろう。

どうして優しい両親のいる家に生まれてこなかったんだろう。

そう何度も思ったけれど、身勝手でどうしようもないあの女が母親であることは変えられない運命であった。

ただ、生まれながらにして不運なのはキースだけではない。

孤児院はキースと似たり寄ったりな生い立ちの子供ばかりだった。

中には両親とも亡くし、引き取り手がなくてやってきた子もいた。そういう子は、親からの愛情を知っている。でも、その親はもういない。

愛情を知ってしまってからそれを失うことは、知らないでいることとどちらが辛いだろうか。

また、中には『いつか迎えに来る』という親の言葉を信じ続けている子供もいた。

キースは、それが嘘だとすぐ気付いた。むしろ嘘だと思って諦《あきら》めた方が、裏切られた時に辛くないと思った。

でも、その子は頑《かたく》なに信じていた。

正直、見ていて哀れだった。

孤児院の職員は優しかったけれど、親でも家族でもない。

親に捨てられた空虚《くうきょ》な心は歪《いびつ》にしか塞ぐことができず、決して癒《い》やされない孤独が常にキースにつきまとった。

満たされない気持ちのままでいても、時間と共に身も心もそれなりに成長はしていく。いつしか幼子《おさなご》から少年となったキースは、完全に擦《す》れていた。

人生にも他人にもなんの希望も抱かなくなった。期待しなければ裏切られて傷つくこともない。そして、子供たちが傷のなめ合いをしている、ぬるま湯のような孤児院に心底嫌気が差していた。

十四歳になる頃には、大人とそう変わらない身長になっていた。そうして、キースは孤児院に帰ってくることがほぼなくなっていた。

代わりの居場所はといえば、キースより年上の女性たちの家だ。

見目が整っているキースは、その相手を得るのに苦労しなかった。街で声をかけて、寝るところに困っていると言えば、女性の方から『うちにおいで』と誘ってくる。

住むところを提供してもらった代わりに、キースは彼女たちの欲を満たした。

愛情が伴《ともな》わなくても、体は繋げられる。一時の快感や寂しさを埋めるぬくもりは感じられるけれど、それだけだ。

そして、その行為を知った時、キースは母であった女のことも理解してしまった。

彼女はこうして気持ちを埋めていたのだろう。

もしかしたら、あの女もまた親に愛されなかったのかもしれない。

だから、キースはその時決意した。

――俺は子供はいらない。愛されない寂しさを、違う誰かに味わわせるのはこりごりだ。

心に埋まらない穴を抱え続けるのは空《むな》しい。そんな子供が生み出される連鎖《れんさ》は、自分のところで止めなければ。キースはそう思ったのである。

その後もキースは女性のもとを転々とした。

しかし、ある女性のところで厄介になった時、しくじった。

なんと彼女は結婚していたのである。

不在にしていたはずの夫が帰ってきたことでそれが発覚し、キースはその夫によってつまみ出された。それだけじゃなく、キースは殴られた上にボロ雑巾《ぞうきん》のように道ばたに捨てられたのだ。

そんな時でも、キースが思ったのは『次の寝床を探さないとなぁ』ということくらいで、その女性自身には執着も思い入れもなかった。

ただ、奇《く》しくもキースの人生の二度目の転機にはなった。

たまたま、その現場を見ていた人がいたのだ。

それは現在王宮で料理長をしているマキニスだった。その時はまだ副料理長だったマキニスがボロボロのキースに声をかけてきた。

『おい、大丈夫か？』

それに対し、キースは胡乱《うろん》げにマキニスを見上げた。

『……は？　オッサン何？　あいつらの知り合い？』

『いや、知り合いではねえな』

『ふーん。じゃあ構わないでくんない？　俺これから今日の寝るとこ探さなきゃだし』

『お前、その歳で宿なしか』

『そうだけど、何？　オッサンに関係ある？』

キースがそう言うと、マキニスはしばし考え込んだ。黙ったマキニスにキースはやれやれと思いながら、痛む体でどうにか立ち上がる。よくわからないオッサンの前からさっさと去ろうと思った。

『おい、ついてこい』

『……は？』

『食いもんと寝る場所は世話してやる』

　そう言うなりマキニスはスタスタと歩き出した。ぽかんとしていたキースは、ハッとして慌ててそれを追う。しかし、追いついてからすぐ『なんでついてきたんだよ、俺』といつもなら絶対にしないはずの行動に自分でツッコミを入れた。

　もっと用心深かったはずなのに、深夜の路地裏で会った初対面のオッサンについていくなんて、普段のキースでは考えられない行動だった。

　それほど女に辟易《へきえき》していたのかもしれない。ある意味、自暴自棄《じぼうじき》な気持ちだったのだ。

　そして連れてこられたのは、王宮の敷地に隣接している、とある建物だった。どうやらそこは寮のようなところらしい。

『この部屋を使え。寝るくらいならできるだろ』

　そう言って、マキニスはキースを空き部屋へと案内した。

『……』

　今日の寝床に困っていたのは確かだ。屋根があるところで寝られるのは嬉しいし、しかも個室。願ってもないことだが、マキニスがここまで親切にしてくれる理由がわからない。

　キースが黙っていると、マキニスはフッと笑って『早く寝ろよ』と言い残し、部屋を出ていった。

『はぁ……』

よくわからないが、明日の朝にでも出ていこうと思い、キースはベッドに横になる。

マットレスから埃《ほこり》っぽい匂いがしたが、今日だけだと思って目を閉じた。

しかし、キースの思いも空《むな》しく、翌朝ドアが勢いよく開く音で目が覚めた。

『おら、いつまで寝てんだ！　行くぞ！』

寝ぼけながらも飛び起きると、ドアの前にはマキニスがいた。

『……行くってどこへ？』

『王宮の厨房《ちゅうぼう》に決まってるだろ。働かざる者食うべからずだ！』

そう言って、マキニスは半《なか》ば強引にキースを連れ出した。

そして、そのままキースを料理人見習いとして雇《やと》うよう、当時の料理長に話をつけてしまったのである。

何度か逃げ出したり、サボったりしたこともあるが、その度にマキニスは追いかけてきて、めちゃくちゃ痛いげんこつを頭に落としてきた。

そして嫌々ながらも続けていれば、それなりに形になっていくものだ。

元々器用な質《たち》だったこともあり、料理の道はキースには向いていた。

何よりマキニスの存在が大きい。キースにはこれまでの人生、本気で叱ってくれる大人がいなかった。孤児院の職員もいたずらした時には叱ってくれたが、それ以外は放任主義。

キースのことを思って手も口も出してくる人はマキニスが初めてだったのだ。

それに、厨房《ちゅうぼう》は実力主義。料理が上手ければ上にいける。育ちも年齢も関係なく、ただ上手いかどうかが重要だ。

その判断基準はキースにとって、とても心地よいものだった。

マキニスに半《なか》ば騙《だま》されるようにして働き出した王宮の厨房《ちゅうぼう》で、キースはめきめきと頭角《とうかく》を現し、いつしか副料理長にまでなっていた。

その頃になって、ようやくキースは孤児院に顔を出せるようになった。

当時一緒に育った子供たちはもういない。でも新しく入った子供たちがいた。職員も何人かはいなくなっていたし、院長は引退していたが、かつて職員だった女性が新しい院長になっていた。

キースのことを覚えている人が少ないというのも気を楽にさせた。昔の自分を振り返ると、放っておいてほしいと言った分、気にかけてもらう義理はないと思っていた。でも実際は多大な心配をかけてしまっていたことに気付いた。

周りが全然見えていない上に、子供の浅知恵で誰にも迷惑をかけていないと思っていたのだ。

しかし孤児院を出た時、キースはまだ成人前。中には初等科を出てすぐ孤児院を卒業していく子もいるが、それはなんらかの仕事で見習いになるためだ。そういった子たちは成人前でも独り立ちし、晴れて孤児院を卒業していくのだが、キースの場合はただの家出。監督責任のある孤児院の先生たちが心配しないはずがない。

それを知って、キースは恥ずかしさと共に、自分が思う以上に気にかけてくれる人が周囲にいたことに気付けた。

だから料理人として一人前になってからは、昔の恩を返すようにちょくちょく顔を出して孤児院の手伝いをするようにしている。

「そうだ、キース」

今日もまとわりついてくる子供たちをいなしながら、普段は手が回らないであろう雑務をしようとしていると、院長先生が声をかけてきた。

「はい」

「よかったら明日、また来てもらえるかしら？」

「今、学院は冬休み中なんで明日も空いてますよ」

「じゃあ、悪いんだけれど手伝ってもらいたいことがあるの。実は救護院の方で年越しの準備をするらしくて、うちからも人を出さないといけないのよ。でも、今風邪を引いてる子が何人かいて目が離せなくて……」

「あーそういえば毎年やってますね」

「去年はハウルが行ってくれたんだけど、今年はお仕事が忙しいようだし、もうここを出てしまったから……」

キースと同じ孤児院で育ったハウルは料理科を一期生として卒業し、この秋から王宮の厨房《ちゅうぼう》で働きはじめた。それに伴《ともな》い、孤児院からも卒業し、王宮の料理人が住む寮に居《きょ》を移した。

かつてマキニスに連れていかれ、それからずっとキースも住んでいたあの寮だ。

聞くところによると、ハウルも休みの日は孤児院に顔を出しているようだが、今は仕事に馴染《なじ》むのが優先。孤児院のことに時間を割《さ》いている暇は、今のハウルにはないだろう。

その点、キースはちょうど料理科も休みで暇をしているから問題ない。

「いいですよ」

「急なお願いでごめんなさいね。でも引き受けてくれてよかったわ。明日はよろしくね」

「了解っす～」

院長との話が終わると、子供たちから「あれが食べたい、これが食べたい」というリクエストが飛び交う。それに「はいはい」と答えながら、キースは孤児院の厨房《ちゅうぼう》に向かった。


翌日。キースは救護院にやってきた。

救護院とは、治療院、養老院、乳児院、幼児院を合わせた国営の施設のことだ。孤児院もあるが、救護院でお世話をするのは乳幼児だけで、基本的に自分で歩ける程度になるとキースの育ったイシドール第二孤児院のような他の孤児院に移ることになる。

その他には、親が仕事で日中お世話できない子供を預かることもしている。民間の施設や地域で預かる場所は結構あるが、そこからあぶれた場合は救護院が受け入れ先となる。

イシドール第二孤児院も同じく国の支援を受けて運営しているし、救護院で保護した子供たちの移動先でもあることから、孤児院と救護院の関わりは深い。

そのため、何か催《もよお》しがあったりすると、しばしば手伝いに駆り出されるのだ。

今回は催《もよお》しではなく年越しに向けての準備らしい。

何度か来たことがある敷地を歩いて、乳児院や幼児院の方へ向かう。

「あら？　もしかしてキースさん？」

その声に振り向くと、カフェ・おむすびの接客係であるオリヴィアがいた。

「こんにちは、キースさん！」

オリヴィアと一緒に来たのだろう。息子のヴェルノがキースのもとへ駆け寄ってきて、礼儀正しく挨拶をしてくれる。

「おう、ヴェルノ、久しぶり」

「お久しぶりです！」

そう言いながらはにかむヴェルノの頭をキースはぽんぽんと叩いた。そしてオリヴィアに話しかける。

「今日、カフェはお休みだったんだね」

「ええ、そうなんです。せっかくだからヴェルノとお手伝いに。キースさんはどうしてこちらに？」

「俺もその手伝い。イシドール第二孤児院の方で風邪が流行ってて人を出せないから、代打要員だな」

「まあ」

オリヴィアは『イシドール第二孤児院』のワードが出たにもかかわらず、微笑みを崩さない。

彼女に出自の話を直接したことはなかったが、おそらく間接的に誰かから聞いていたのだろう。

「キースさんも今日一緒にお手伝いするの⁉」

「ああ」

「そうなんだ……！」

キースの過去など関係ないというように、ヴェルノが喜んでくれるのがわかった。

「よろしくね、キースさん」

ヴェルノはそう言って、キースを見上げる。そのまっすぐ向けられる目がキースには少し面はゆい。

なぜだかわからないが、ヴェルノはキースに懐いていた。

特にそれを感じたのは夏休みが終わる頃。カフェ・おむすび一同に誘われ、王都の外れの川辺にバーベキューをしに行った時だ。

ヴェルノと、その友達であるロレーナに連れられて、キースは川で遊ぶ二人の監視役をしていた。

その時、ヴェルノが言ったのだ。『キースさんがお父さんならいいなぁ』と。

ヴェルノの父親――オリヴィアの夫は、ヴェルノが四歳の頃に亡くなったらしい。幼かったヴェルノは父親のことをほとんど覚えていないという。

その頃、カフェのオーナーであるリサの妊娠がわかったこともあり、家族というものをヴェルノなりに想像しての言葉かとキースは受け取っていた。

しかし、それ以来キースは少しだけオリヴィアのことを意識してしまっている。

ヴェルノの父親になるということは、オリヴィアと結婚するということだ。そしてヴェルノという九歳の子供がいるにもかかわらず、オリヴィアはとても若々しい。

キースよりも六つ年下だというし、当然といえば当然なのだが。

でもヴェルノと並ぶとしっかり母親だ。そういう顔つきをしている。

早くに夫を亡くし、女手一つでヴェルノを育てるのは大変だっただろう。キースに経験があるわけではないが、働きながら子育てをするのが大変なのは想像するに容易《たやす》い。

しかし、そこに同情しているわけじゃない。キースも自分の育ちがいい部類ではないことを知っているし、下を見ればもっと悲惨な親子もいる。

ただ、オリヴィアとヴェルノの親子が互いを尊重し合い、愛し合い、共に成長している様はとても尊《とうと》いものだと思う。

子は親の鏡だと言うが、ヴェルノを見ているとそれがよくわかる。

だからといって、キースがオリヴィアとどうこうなるというのは、また別の問題だ。キースには子供を愛せる自信がない。というより、人を愛することができるのか。そこから疑問だ。

今、親しくさせてもらっている人に対しては、友愛のようなものを感じている。でも、結婚するほどの、まして親になってもいいと思えるほどの愛情を持てるかは甚《はなは》だ疑問だった。

何しろ、自分の実の親があぁだったのだ。

その遺伝子をキースは受け継いでいる。

それを思うと、ヴェルノの言葉を本気で捉《とら》えるわけにはいかないのである。

「ほら、キースさん行こう!」

「あ、ああ……」

楽しそうなヴェルノに腕を引かれ、キースは足を進める。その後ろには微笑ましげな眼差しでキースとヴェルノを見つめるオリヴィアの姿があった。

救護院での年越し準備は着々と進んだ。

ここでは年明けに炊き出しのようなことをするのが恒例となっている。だが料理は当日の夜にするので、今日は会場の設営が主な仕事だ。

救護院側の責任者の指示に従い、当日使う机や椅子などの大きな備品から、細々としたものまでを準備していく。

オリヴィアは女性陣が担当する作業の方に行ってしまったので、キースはヴェルノと共に椅子を出して並べる係だ。

「ヴェルノ、無理はすんなよー」

椅子を一つずつ、よろよろと運ぶ様子は見ていて心配になる。

「うん、大丈夫！」

でも本人的には問題ないらしい。子供といっても男の子だし、できることをしようとする気概《きがい》は立派なものだ。

特に、ヴェルノは同じくらいの歳の子供より、それが強いとキースは感じていた。

オリヴィアが片親だからなのだろうか。九歳の子供にしてはしっかりしすぎていると、キースは思う。孤児院で親のいない子供たちを見ていても、同じことを感じる。

そのヴェルノの姿に、過去の自分を重ねてしまう気持ちもあった。ヴェルノほど素直でまっすぐじゃなかったけれど、子供ながら大人に迷惑をかけずに生きなければという思いには共感できる。

一方で、そんな心配をせずに子供らしくのびのびと育ってほしいとも考えてしまう。

これは大人になった今だからこそ思うことではあるけれど。

そんなことを頭の中で考えながら、ヴェルノのやる気を削《そ》がない程度に手を貸しつつ、キースは準備を進めていった。


昼頃からはじまった救護院の年越し準備は、夕方になる頃には終了し、各々《おのおの》解散になった。

「キースさん、途中まで一緒に帰らない……？」

ヴェルノからの控えめな誘いにキースは笑って頷く。

「おう！　まあ最初から送ってくつもりだったからな」

冬の日暮れは早い。今はまだうっすら明るいが、帰り道の途中で暗くなるだろう。そんな中、女性と子供が歩くのはさすがに危ない。

「へへ……」

ヴェルノは嬉しいのか、はにかむように笑った。

「すみません、キースさん」

オリヴィアは申し訳なさそうにしている。

「いいのいいの」

それに手を振って応えると、オリヴィアはホッとしたように微笑んだ。

その表情にキースは少し引っかかりを覚えた。ただ、決して嫌な感じではない。

だから、気のせいかと思うことにした。

年の終わりのこの時期は寒い。雪はまだ積もっていないが、乾燥した冷たい風が吹き荒ぶ。昼間は日差しがあり、ほどほどに暖かさも感じるが、夜に近づくにつれ寒さが忍び寄ってくる。

「寒いね……！」

キースとオリヴィアの間を歩くヴェルノが身を縮こまらせる。

「もう、だからマフラー持ってきましょうって言ったのに」

「朝は大丈夫だと思ったんだもん……」

ヴェルノはコート以外の防寒具は身につけておらず、オリヴィアもコートだけのようだ。

一方、キースは革のジャケットにマフラーという服装だった。

寒そうにぶるぶる震えるヴェルノを見て、キースは首に巻いていたマフラーを外す。

そして、ヴェルノの首に苦しくないような力加減でぐるりと巻いた。

「わっ！」

突然のことにヴェルノが驚いたような声を上げる。

「貸してやるよ」

「いいの……？　これじゃキースさんが寒いでしょ？」

「ま、大人だしな」

「でも……」

ヴィルノは申し訳なさそうにキースを見上げてくる。オリヴィアも心配そうな視線を向けてきた。

「キースさん、本当にいいんですか？　寒いんじゃ……」

「このくらい大丈夫。家に着いたらヴェルノに返してもらうし」

オリヴィアの言葉にキースは軽く答えたが、二人はまだ納得していないようだ。

「いいから巻いてろって、な？」

キースがそう言うと、ヴェルノはこくりと頷く。

「ありがとう、キースさん。温かい……」

ヴェルノはもこもこになった首元に手をやってホッと息を吐いた。

寒さが和《やわ》らいだことで元気を取り戻したヴェルノが、いろんなことを話し出した。どこからそんなに話題が出てくるのかと思うほど、ヴェルノの話は尽きない。

彼の話を聞いているうちに、オリヴィアとヴェルノの家に着いたらしい。

「じゃあ、俺はこれで――」

「キースさん、よかったら上がっていきませんか？　ヴェルノにマフラーを貸してくれたお礼というのもなんですが、温まっていってください」

「キースさん、寄っていってよ！」

「いやいや……」

――家に上がり込むのはさすがにマズいだろ。

キースはオリヴィアとヴェルノの申し出を断ろうとする。しかし、キースが言いあぐねているうちに、ヴェルノがキースの腕を引っ張った。

「ここにいると凍えちゃうし、ちょっとだけだから……」

強請《ねだ》るように言われるとキースも弱い。

「ちょ、ちょい……！」

向かう先ではオリヴィアが扉を開けて待っている。

――意外とこの親子、強引なところがそっくりだ……

抵抗空《むな》しく、キースはオリヴィアとヴェルノの家にお邪魔することになった。

二人の住まいは集合住宅の中にある。

そこそこ古い建物だが、よく手入れをしているのだろう。むしろ年月がいい味を出しているような佇《たたず》まいである。

使い込まれてツヤのある内階段の手すりを伝い、二階に上る。廊下を進んだ一番奥の部屋がオリヴィア親子の部屋らしい。

「ただいまー」

オリヴィアが鍵を開けると、真っ先に中に飛び込んだヴェルノが元気よく言った。

オリヴィアに促《うなが》され、そのあとに続くことになったキースは「お邪魔します」と言ってから足を踏み入れる。

「おかえりなさい。そしていらっしゃいませ」

「そうだね！　いらっしゃいませ、キースさん！」

ヴェルノは大歓迎というように笑顔でキースを迎えてくれた。

それが少し面白くて、キースはフッと口角を上げる。

「ヴェルノ、暖房をつけてきて。キースさんはこっちに座っていてください。今、お茶淹《い》れますね」

オリヴィアに言われて、ダイニングテーブルへ歩み寄る。

そこには椅子が三脚あった。それを見て勝手に切ない気持ちになってしまい、キースは内心で首を横に振った。

さっさと椅子を引き、そこに腰掛ける。

そして、室内を見回した。

すぐ近くにはオリヴィアがお茶を淹《い》れているキッチンがある。何かと雑多になりがちなキッチンはきちんと整頓されていた。とはいえ、しっかり使ってもいるらしく、調理器具が機能的にしまわれているようだ。

反対側を見ると、小さなリビングがある。そこではヴェルノが部屋を暖める魔術具と格闘していた。

「よし、ついた」

どうやら勝利したのはヴェルノのようだ。そして、ヴェルノもダイニングにやってくる。

「お母さん、温かいミルクって作れる？」

「そう思って、温めているわよ。花蜜《はなみつ》も使うんでしょ？」

「うん、ありがとう」

いつものことなのか、ヴェルノはキッチンにいるオリヴィアのもとへ向かうと、彼女から瓶とスプーンを受け取った。

大事そうにそれを抱え、キースの座るテーブルに運ぶ。

そして、ヴェルノにはまだ少し高すぎるダイニングの椅子に座る。キースの斜め隣だ。

「キースさんもミルク飲む？」

「いや、俺はお茶でいいよ」

「そっか、残念。花蜜入れると甘くておいしいんだよ」

持ってきた瓶の中身は花蜜らしい。それを入れて飲むミルクがヴェルノは好きなようだ。

「へ〜、俺も昔は飲んだ記憶あるな」

「キースさんも？」

「ああ。っていっても、ずーっと昔だけどな」

いつだったか。確か孤児院で過ごすようになって、すぐの頃だったはずだ。

夜眠れなくて起きていたら、当時職員だった今の院長先生がこっそりキッチンに連れていってくれた。

寒いキッチンで少し待って出てきたのは、湯気が立ち上る温かいミルクだった。

ちょっとだけ花蜜が入った甘く温かいミルクを、冷えた両手で抱え、ちびちびと飲んだ。

全部飲みきる頃には、すっかり眠くなって、うとうとしながらベッドに戻った。

何気ない記憶のはずなのに、なぜが鮮明に覚えている。

「お待たせしました。キースさんどうぞ」

「……あ、ああ。ありがとう」

オリヴィアの声でハッと我に返る。差し出されたカップの中身はミルクではなく、黄金色《こがねいろ》のお茶だった。

「はい、ヴェルノはミルクね。花蜜は一杯だけよ？」

「うん」

瓶の蓋《ふた》を開けて、ヴェルノはスプーンを中に差し込む。とろりとした花蜜がスプーンにまとわりつくように掬《すく》い取られ、ヴェルノはそれをあふれないようにミルクの中にダイブさせた。

カラカラと音を立てながら、ヴェルノはスプーンでミルクをかき混ぜる。甘いミルクの香りが部屋に漂った。

カップにスプーンを入れたまま、ヴェルノはミルクに息を吹きかける。

そして、ちびりと飲んだ。

「おいしい～」

ほうっと息を吐くように言い、ヴェルノが満足そうな表情を浮かべる。

温かく甘くて優しい味。それが冷えた体に染み入るような心地なのだろう。

のほほんとした光景を眺め、キースは自然と笑みを浮かべながら、自分もお茶に口をつけた。

「あの、キースさん」

「ん？」

お茶のカップを持ち上げながら、オリヴィアが話しかけてきた。

「私と結婚してくれませんか？」

「――っ……！　つぐ、……げほっ！　……はぁ!?」

お茶が変なところに入って、キースはむせる。

あまりに唐突な言葉だった。

キースは咳《せ》き込みながらも驚きに目を見開く。

「え！　お母さんとキースさんが結婚したら、キースさんがお父さんになるってことだよね……？」

ヴェルノが期待に目をきらきらさせながら、キースよりも先に食いついた。

「いやいやいや、ちょっと待て。ちょっと待って……！」

キースは一人混乱する。

——え、この人、俺に結婚してほしいって言った⁉

「いや、何かの間違いか、もしくは気の迷いじゃ……」

「違いますよ。真面目に言ってます。私と結婚してください」

もう一度、オリヴィアは繰り返す。キースはいよいよ頭を抱えた。

「……それは、まあわかった。でもなんで俺……？」

「キースさんとは間接的にですけど、かなり長い間、ずっと関わってきたじゃないですか。そのうちいいなと思いはじめたんです。それにヴェルノも慕《した》ってますし」

「うん！　僕、キースさんのこと好きだよ」

同じ色の目を同時に向けられ、キースは心の中でたじろいだ。しかも、ストレートに好きという言葉をぶつけられ、どう反応したらいいかわからない。

「あー……、悪いが今すぐ答えるのは無理だ。いろいろ頭がいっぱいで、整理したい」

「はい。それはもちろん。すぐ断られるかと思ったんですけど、前向きに捉《とら》えてくれたみたいで嬉しいです。ふふふ」

そう言って、オリヴィアはおっとりと笑う。

キースはその言葉を聞いて、あれ？　と思った。

——俺、なんですぐ断らなかったんだ……？

これまでのキースならばお断り一択だったはずだ。自分に妻や息子なんて無理だとずっと思っていたのだから。

それなのに、するっと口から出たのは断りの言葉じゃなく、考えるための時間が欲しいという言葉。

まるで検討する余地があるようではないか。

「お母さん、よかったね」

「キースさんの返事がわからないからまだよ～。……あ、キースさん、お夕飯も食べていきませんか？　お料理のプロに私のご飯を出すのは、ちょっと恥ずかしいですけど……」

「一緒に食べよう、キースさん！」

「あ、うん……」

よくわからないうちに夕飯の誘いにも、キースは頷いていた。

——あー、俺どうしちまったんだ……？

いい歳して、自分の感情も考えもよくわからない。

キッチンでは、さっそくオリヴィアが料理をするべくエプロンを身につけている。わいわいと騒ぐヴェルノの声を聞きながら、キースは気を取り直すようにお茶をもう一口飲む。

砂糖も花蜜も入れてないはずのそれは、なぜかほんのり甘く感じたのだった。

ある精霊の守護

草花が芽吹くと共に、クロード家は賑《にぎ》やかな春を迎えた。

リサとジークに待望の子供が生まれたのである。

お祝いの空気に包まれるクロード家には、元気に泣く赤ん坊の声が響いていた。

「これがマスターの赤ちゃん……」

精霊のバジルは、ベビーベッドの上で万歳《ばんざい》をするようにして眠る小さな存在を不思議そうに眺めた。

「そうよ。よろしくね、バジルちゃん」

近くの椅子に座るリサがそう言って微笑む。

出産してまだ三日しか経っていないからか、リサの体調は回復していない。それでも起き上がって母乳をあげたりあやしたりと、さっそく母親として赤ちゃんのお世話に励んでいた。

そこにジークがやってくる。まだ帰るには早い時間だから、おそらく仕事を抜け出してきたのだろう。

「リサ、起きてて大丈夫か？」

「うん、ずっと寝たきりなのも飽きるし、ちょっとずつ体を慣らさないと」

「それならいいけど……ナニーもメリルもいるんだから無理することないぞ？」

ナニーとは子育て専門のメイドである。いわゆる乳母だ。

貴族の家ではナニーを雇《やと》うのが一般的で、基本的に赤ちゃんのお世話は任せることになっている。

リサ付きの侍女であるメリルはリサのお世話をするのが主な仕事だけれど、赤ちゃんをあやすくらいならば彼女にもできるだろう。

「ほとんどのことはナニーのクレアにお任せしてるけど、やっぱり私も赤ちゃんのお世話したいし……それに、可愛いからずっと見ていたいんだよね」

そう言って、リサは慈愛《じあい》のこもった眼差しを赤ちゃんに向ける。

「……まあ、それは俺もだな」

ジークがわざわざ仕事を抜けてまで家に戻ってきたのは、リサの様子が心配なのもあるが、赤ちゃんの顔をひと目見ようと思ったからでもあるらしい。

健《すこ》やかに眠るまだとても小さな子を、夫婦揃《そろ》って宝物を眺めるように覗き込んでいる。

――マスター、本当に嬉しそうです……！

バジルはその様子を見守りながら、自分の胸もぽかぽかしてくるのを感じていた。

二人はぐっすり眠っている赤ちゃんを飽きることなく眺めていたが、しばらくすると

ジークは仕事に戻った。

リサはベビーベッドの近くに置いてある寝椅子に向かい、ゆっくり体を横たえる。

どうやら少し休むらしい。

目を閉じるや否《いな》や、すうっと寝入ってしまったリサのもとを離れ、バジルはベビーベッドのところまで飛んでいく。

バジルが近くに来ても、赤ちゃんはすやすやと眠ったままだ。

だが目を覚ますと、火がついたように元気な泣き声を上げるのを、バジルは知っている。

そもそも赤ちゃんが生まれた瞬間、大きな産声《うぶごえ》を上げたのがバジルには驚きだった。

バジルも人間の赤ちゃんが生まれるところを見たのはこれが初めてである。リサと出会う前、森にいた時は動物の子供が生まれるのをたびたび見たが、どの動物もあんな大きい声で鳴いたりはしなかった。

しかも、人間の赤ちゃんはことあるごとに泣く。

お腹が減った時。おむつが濡れた時。機嫌が悪い時。

とにかくあの小さな体にあるパワーを目一杯使って、力の限り泣くのだ。

びっくりしたバジルの様子を見て、リサは笑って言った。『赤ちゃんは一人じゃ何もできないからね。こうして泣いて自分の意思を伝えるんだよ』と。

なるほどと思ったが、他の動物とはまったく違うことがとても不思議だった。

そして、バジルにとっては残念なこともあった。

リサの赤ちゃんは魔術師としての素質があるらしく、お腹にいる時はバジルと意思疎通が取れたのだ。赤ちゃんが発する光から意思を読み取っていたため、会話はできなかったものの、バジルと赤ちゃんだけができるコミュニケーションはとても楽しかった。

しかし、赤ちゃんはリサのお腹から出てきた途端、光を発することがなくなり、バジルどころか他の人の存在もよくわかっていないように思える。

生まれるまでは楽しく通じ合っていたのに、今はそれができなくてバジルは寂しかった。

「早くバジルともお話できるようになってほしいですよ～！」

そんな願いも込めて、バジルはまだくしゃくしゃの顔をした赤ちゃんに向かって、そう囁くのだった。

よく母乳を飲み、よく寝て、よく泣いた赤ちゃんは、すくすく育っていった。

リサやジークはもちろんだが、アナスタシアとギルフォードも、それはもう赤ちゃんを大いに可愛がっている。顔がとろけちゃうんじゃないかというくらい、ふにゃふにゃの表情を赤ちゃんに向けていた。

子育て経験のない二人だが、アナスタシアの方はすぐに赤ちゃんの抱き方をマスターして「お祖母様《ばあ》ですよ～」とあやしている。

ギルフォードの方はまだ抱き上げたくても怖さが勝るようで、でも抱っこはしたいと思っているのか、鋭意《えいい》努力中だ。

子育てに関しては意外にもジークが手慣れていた。歳の離れた妹がいるからというのもあるのだろう。かつて騎士団で鍛《きた》えた体は、軽い赤ちゃんを持ち上げたところでびくともしない。安定した抱かれ心地に赤ちゃんも安心するのか、ぐずっていても泣きやむのが早かった。

とはいえ、母親には勝てないのだろう。やっぱりリサの腕の中にいる赤ちゃんが一番心地よさそうだな、とバジルは思う。

もちろんバジルだって赤ちゃんを可愛がっている。バジルは赤ちゃんよりも小さいので、抱き上げたりはできず、ただすぐそばで見守っているだけなのだが……

目がぱっちり開くようになると、くしゃくしゃの顔も人間らしくハッキリとしてくる。

リサによく似た黒髪だけれど、目はジークと同じ青色だ。

ただ、まだあまり視力はないらしく、視線がぼーっとさまよっている。

それでも、時折バジルが赤ちゃんの上をふよふよ飛んでいると、まるでそれを目で追うように見ていることがあった。

「バジルのこと見てるんですか～?」

そう問いかけてみるが、やはり言葉はわからないのか返事はない。その答えをもらうにはまだ時間がかかりそうだ。

最近はリサの体調も回復し、率先《そっせん》して赤ちゃんのお世話をするようになった。赤ちゃんのお世話は基本的に時間問わずだ。たとえそれが深夜であっても、お腹が空いたり、おむつが濡れたりしたら赤ちゃんは泣く。

おむつの場合はナニーが対応するけれど、お腹が空いた場合はリサが母乳をあげなければならない。赤ちゃんにとっては昼も夜も関係ないらしく、夜中にも母乳を求めて泣く。そのため、リサは一晩のうちに何度か起きることになる。

仕事をしている時は、カフェに料理科にと、疲れを知らないのではないかというほど精力的に働いていたリサも、慣れない上に時間を問わない赤ちゃんのお世話に、少しお疲れのようだ。

夜中に起きる分、昼間は赤ちゃんと一緒にお昼寝していることもあって、バジルはそれを眺めるのが最近の日課になっている。

ただ、最近は思わぬ邪魔が入ることが多い。

「ああっ！　またいっぱい来てる……！」

ちょっとバジルが目を離した隙に、赤ちゃんの周りを囲むようにバジルより小さい光が集まっていた。赤ちゃんもリサもお昼寝していて、そのことに気付いていない。

「赤ちゃんは今寝てるんですから静かにしてください〜！」

バジルはその光をかき分けて、赤ちゃんの盾になるように両腕を広げた。

この光たちは精霊だ。正確には精霊になっているものもあるし、精霊になりきっていない欠片《かけら》のようなものもいる。

リサの赤ちゃんはお腹の中にいた時からバジルと意思疎通が取れるほど、魔術師としての素質がある。魔術師の素質というのは、イコール精霊に好かれる素質だ。具体的にどういうところがその素質を感じさせるかといえば、女神様と同じような雰囲気を感じるのだ。

バジルの感覚では、匂いというか気配というか空気というか。そういうなんとなくの雰囲気が女神様を彷彿《ほうふつ》とさせる。

女神様のもとを離れて久しいバジルでもこうなのだから、なりたての精霊やもうすぐ精霊になりそうなものたちは、より強く感じるのだろう。

だからまるで母を求めるように、赤ちゃんの周りに寄ってくるのだ。

赤ちゃんがリサのお腹の中にいる時、女神様を奉《たてまつ》っている神殿の神殿長が祝福してくれたのも関係しているかもしれない。

通常、子供に祝福を贈っても、その素質には特に変わりはない。だが、元々リサの赤ちゃんには素質があったから、その素質を多少なりとも増幅させる結果になったのだろう。

リサからも女神様の気配は感じるので、そのそばにいるバジルも自分を棚に上げて他を悪くは言えないところだが、バジルはちゃんと契約をした上でリサのもとにいる。

ただ近くにいるだけなら害はない。だが、これだけ多く集まってきていたら話は別だ。現に、少し前にバジルが目を離しているうちに、なりたての精霊が赤ちゃんにいたずらして寝ているところを起こしてしまった。

まだ自我の育っていない精霊は本能が強い。おそらく赤ちゃんと話をしたいと思ったのだろうが、そもそも赤ちゃんはまだ自分の意思で話せない。でもなりたての精霊はそんなことまでまだ考えられないのだろう。

結果、赤ちゃんを無理に起こそうとして泣かせてしまったというわけだ。

しかも、悪いことにその精霊がそんなことをしたせいで、他のものまで真似をしはじめた。

寝ている赤ちゃんは精霊がやってきても無反応だ。だったら、泣いてもいいから起こした方が反応をもらえると思ったのだろう。

彼らも悪気はないのだ。だからこそ厄介でもある。

そんなことをしょっちゅうされたら、リサも乳母もさらに大変になってしまう。

そうでなくてもリサは慣れない育児にお疲れ気味なのだから、余計な苦労をかけたくないとバジルは思う。

なのでバジルは奮起した。

――赤ちゃんを起こさないために、バジル、頑張ります！

そもそも今寄ってきているのは本当に力のない精霊ばかりなのだ。人間と契約できる力すらない。いくら赤ちゃんに魔術の素質があろうとも、まだ契約さえできない。

「ほら、こんなところにいないで元いた場所に帰るんですよ！　赤ちゃんの近くにいたいのなら、ちゃんとした精霊になってから出直してください！」

腰に両手を当て、バジルは力強く言った。

このものたちがどこから来たのかはわからないが、精霊は属性によって生まれる場所が異なる。バジルはククリの森の古い木から生まれた。だから緑の精霊だ。

友達のシャーノアは水の精霊で、湖から生まれたと言っていた。

今、赤ちゃんの周りに集《つど》っているものたちも様々な属性を持っているようだが、生まれた場所でしっかり力を蓄《たくわ》えないと精霊にはなれない。

いくら赤ちゃんから女神様の気配を感じるとはいえ、ここにいては彼らはいずれ消えてしまう。精霊というのは長い年月をかけて成長しなければ、すぐになくなってしまうあやふやな存在でもあるのだ。

だからこそ、しっかりと精霊にまでなったものの力は強い。

せっかくこの世界に生まれて、ここまで成長したのだから、同族としてはしっかりと精霊になってほしいと思う。

心を鬼にして、バジルはそのものたちを追い返そうとした。

しかし、彼らにはバジルの言葉が理解できなかったらしく、まったく動く気配がない。

それどころかバジルの周りにもわらわらと寄ってくる。

「もう〜！　だから、ここにいないで帰るんですよ〜！」

周りに集《つど》ってくる精霊たちを散らすように、バジルはバタバタと両手を振る。すると、追い返そうとするバジルの気持ちとは逆に、精霊たちはバジルが遊んでくれると捉《とら》えたらしい。

なおもバジルの周りをひらひらと舞うように飛び回る。

「ひゃあっ！」

不意にバジルの背中のリボンが引っ張られた。後ろを振り向くと、それも精霊の仕業《しわざ》らしい。驚くバジルが面白かったのか、その精霊はきゃらきゃらと笑っているかのように激しく飛び回る。

しかも、それをすぐに他のものも真似しだした。

「もう！　やめなさいっ！」

痛くはないが、後ろからツンツンされるのは決して心地よくはない。

「こらー！」

注意してもやめない精霊たちに、バジルは我慢できず大きい声で叱る。そして逃げていくものたちを追いかけた。

そんなバジルの反応も楽しいのか、精霊たちは追いかけっこを楽しむようにベビーベッドの上をぐるぐる回る。それを追うバジル。

「待ちなさーい！」

バジルが一なのに対して精霊たちはたくさんいる。ベビーベッドの上にはベッドメリーと呼ばれるおもちゃが吊るされているが、その間を縫《ぬ》うように飛び回り、バジルは必死でそれを追う。

果てのない追いかけっこにバジルは疲れてきた。

「はぁ、もう……」

バジルは一度止まり、中腰で膝に手を置くと、ゼェハァと乱れる呼吸を整える。

するとその時――

赤ちゃんの声が聞こえてきた。

「まずい！　起こしちゃった……あ、れ？」

バジルたちが頭上で騒がしくしたから、赤ちゃんが起こされて泣いてしまった！　と

バジルは思ったが、見るとそうではないらしい。

むしろ機嫌よさそうに笑っている。

それにバジルはホッと胸を撫で下ろした。

小さな両手を振りながら、宙に浮かぶバジルと精霊を見上げる赤ちゃん。動く精霊を目で追っているのを見るに、ちゃんと姿を捉《とら》えているらしい。

笑う赤ちゃんを見た精霊たちは、バジルにいたずらしていたことも忘れ、今度は赤ちゃんの上をぐるぐると回りはじめる。

それを見て赤ちゃんはますます上機嫌になっていった。

「なるほど。赤ちゃんが泣いた時は、こうすればよかったんですね……！」

赤ちゃんを泣かせるだけだと思っていた精霊たちには、意外にも笑わせる効果があったらしいことにバジルは気付く。

彼らがいたらベッドメリー要らずだなと感心した。

何しろ姿は色とりどりで数も多い。しかもキラキラと光を帯びている。

それが宙を自由に動き回るのだから、赤ちゃんも見ていて楽しいだろう。

赤ちゃんを笑わせるために追いかけっこをしていたわけではないけれど、赤ちゃんが目を覚ましても泣かなかっただけよかったのかもしれない。

リサも赤ちゃんが起きていると気付いていないようで、穏やかな寝息を立てている。

――コンコン。

バジルがベビーベッドの枠に腰を下ろし、徒労感に苛《さいな》まれていると、部屋のドアがノックされた。

「リサちゃん？　いるー？」

ドアの外から聞こえるのは、リサの養父であるギルフォードの声だった。

「あれ？　クレアからいるって聞いたんだけど……」

そう言いながら、ギルフォードはドアをそっと開いた。

「……リサちゃんは寝てたのか」

寝椅子で熟睡《じゅくすい》しているリサを見て、ギルフォードが声を小さくした。

そして、ベビーベッドの周りにいるバジルたちへと視線を向けてくる。

「騒がしいと思ったら、こんなに精霊がいるなんて……」

どうやらバジルと精霊たちが騒いでいたのが、ギルフォードには聞こえたらしい。確かに騒いでしまったという自覚はバジルにもあるが、部屋の外から感じ取れるほどではなかったはずだ。

現にリサはまだすやすや眠ったままだし。

きっと魔術に長《た》けたギルフォードだからこそ、わかったのだと思う。

「それにしても、おチビちゃんはご機嫌だね。精霊たちに遊んでもらってたのかな？」

泣くこともなく、小さな手足をバタバタと動かしている赤ちゃんを見て、ギルフォードが言った。

その言葉にバジルは釈然《しゃくぜん》としない思いを感じてしまう。

「精霊たちは赤ちゃんを泣かせようとしてたんですからね……！　バジルが頑張って止めたから、だから……」

つい恨み言のようなものが口からあふれた。

それを聞いたギルフォードは一瞬驚いたように目を見開いてから、優しく微笑んだ。

「そうか。リサちゃんの精霊が頑張ってくれたんだね。ありがとう」

「ギルさん……」

自分の頑張りを認めてくれたギルフォードにバジルは感動する。

「僕もね、小さい頃はいろいろな精霊に囲まれてて、困ったことも多かったんだ」

ギルフォードは赤ちゃんを見つめながら懐かしそうに呟《つぶや》く。

「……ギルさんは、その時どうしたんですか？」

「僕の場合はギディオン――僕の魔術の師匠がいてくれたからね。精霊との付き合い方を教えてくれたんだ。話ができる精霊はいいんだけど、時々そうじゃない子もいてね。そんな時には守ってくれたりしたんだよ」

今でこそフェリフォミア王国の魔術師長を務めているギルフォードだが、彼にもまだ精霊と契約していない時期があった。

けれど、そういう時はギルフォードの師匠であり、クロード家のお抱え魔術師であるギディオンが力を貸していたという。

　魔術師長になるほどの魔術師になったのは、もちろんギルフォードの素質と努力の賜《たま》物《もの》だろうが、幼い頃にしっかりとした形で精霊と魔術に触れてきたことも大きいのかもしれない。

「ギディオンにも、そして彼の精霊にもたくさん助けてもらったんだ。だからね、リサちゃんの精霊さん。おチビちゃんがちゃんと自分の意思で精霊と契約するまで、どうか守ってほしい」

　ギルフォードは真剣な眼差しでバジルを見つめた。

「もちろん僕も師匠にしてもらったように、おチビちゃんにあらゆることを教えようとは思う。でもずっとそばについていてあげることは難しい。だから、その間は君にお願いしたいんだ。……どうかな？」

　聞かれるまでもなく、バジルの答えは決まっていた。

「もちろんですよ！　バジルがちゃんと赤ちゃんを守ります！」

　ギルフォードの切実な願いは、バジルが考えていたことと同じだった。

　バジルはすでにリサと契約しているから赤ちゃんとは契約できないが、だからこそバジルも納得できる、きちんとした精霊と契約してほしいと思う。

契約を結ぶ力を持つ精霊なら、その力の大きさや属性は関係ない。ちゃんと赤ちゃんに寄り添っていける精霊を見つけてほしい。

それまではバジルがしっかりと見守っているつもりだ。

「ありがとう。よろしくね」

「はい！」

ギルフォードからも任務を頼まれ、バジルは力強く返事をした。

「ふぁぁ～！　……ってあれ？　ギルさん？」

あくびと衣擦《きぬず》れの音がしたのでそちらを見ると、まだぼんやりとした表情のリサが寝椅子から起き上がっていた。

「おや、起きたのかい、リサちゃん」

「はい。随分寝てしまったような……」

そう言ってから、リサはハッとしてベビーベッドに駆け寄る。

「あれ？　今日はぐっすりなのねぇ……。こんなに精霊がいるのに珍しい」

リサがベビーベッドを覗き込んで驚いたように呟《つぶや》いた。

バジルも見ると、赤ちゃんはいつの間にか眠っている。精霊たちの飛び回る姿をご機嫌で見ているうちに寝てしまったらしい。

「ところでバジルちゃんとギルさんは何かお話してたの？」

どうやらバジルとギルフォードの話し声がリサにも聞こえていたらしい。

バジルはギルフォードと顔を見合わせる。そしてどちらからともなく、ふっと笑った。

「内緒です！」

「内緒だよね」

声を揃《そろ》えてそう言うと、リサは少し不満そうな顔で「え～!?」と返してくる。

内緒にするほどのことでもないが、なんとなくギルフォードとした約束はバジルの心に秘めておきたかった。

「え～！　二人して～……気になるなぁ」

リサはちょっとだけ拗ねたような顔を見せる。でも通じ合っているバジルとギルフォードの姿が微笑ましくもあるらしく、どこか茶化すような芝居がかった口調だった。

「ねぇ、あなたも気になるよねぇ」

さらには健《すこ》やかな寝息を立てる赤ちゃんにも同意を求めている。赤ちゃんはバジルとギルフォードの話を聞いていたとしても、まだ理解はできないのにだ。

その流れがおかしくて、バジルもギルフォードも笑みが深くなった。

「ふふ、おチビちゃんを抱っこできるかなって来てみたけれど、それはまた次回におあずけだね」

ギルフォードは寝てしまった赤ちゃんを見て微笑む。そして、起こさないように赤ちゃんのすべすべのほっぺをそっと指で撫でた。

周りに集《つど》っていた精霊たちも起きている赤ちゃんと触れ合って満足したのか、大人しくその場をふわふわと漂っている。

——そうだ！　今度からこうしましょう！

バジルは今日の出来事からあることを思いつく。それはバジルにもリサにも、そして精霊たちにとっても悪くない考えだ。

後日、赤ちゃんが泣き声を上げた時にリサが駆けつけると、ベビーベッドの上を踊るように回る精霊たちの姿があった。

そして、それを指揮するやる気のみなぎったバジルの姿も——

書き下ろし番外編

ある子供の任務

急にまぶたの向こうが明るくなる。次いで、誰かの声がした。

「――ナ様……！　ユリアーナ様！」

大きな声で呼びかけられ、さらには体を揺すられて少女は唸《うな》りながら目を開けた。

ぼやける視界に飛び込んできたのは、キリッとした顔でこちらを覗き込んでいる女性だ。

「ねむい……」

落ちてくるまぶたに身を任せようとすると、それを察したのか女性はくわっと口を開く。

「起きてください！　今日はリサ様と一緒にカフェに行くんでしょう!?」

その言葉に少女は飛び起きる。

「そうだった！」

先程とは違い、目が完全に開く。

ベッドから抜け出すと、いそいそと洗面所に向かった。

その後ろを女性もついてくる。

洗面台の前に用意された台に乗ると、正面に備えつけられてある鏡に少女の顔が映る。

肩よりも長い銀色の髪に、黒に近い焦げ茶色の瞳。まだあどけない顔つきをしている。

彼女は、ユリアーナ・クロカワ・クロード。もうすぐ六歳になる。

一方、ユリアーナの世話をしている女性は、彼女のナニー兼メイドのクレアだ。

クレアはユリアーナの髪を軽くまとめると、洗顔の準備をする。

もうすぐ六歳のユリアーナは、もう自分で顔を洗える。クレアが溜めてくれたお水を顔にバシャバシャかける。冷たいけれど、うっすらと残っていた眠気が吹き飛んでいく。

目をつぶったまま手を伸ばすと、クレアがタオルを手渡してくれる。それで顔を拭いた。

「……っぷは！　お母様はまだ出発してないよね？」

タオルから顔を上げて、ユリアーナはクレアに聞く。

「ユリアーナ様をお待ちになっておりますよ。ジーク様はもうお出かけになられました」

ジークというのはユリアーナの父親だ。彼はもう仕事に向かってしまったらしい。

朝の挨拶ができなかったことに少し落ち込むが、今日はその父の職場に行く予定だから、そこで挨拶をすればいいと気を取り直した。

「さあ、早く準備をしましょう。あまりお待たせするとリサ様が出発されてしまいますよ」

「ダメダメ！　急がないと！」

ユリアーナは、台から下りると近くにあるスツールに座る。

「クレア、髪をお願い」

「はい、かしこまりました」

途端に慌てはじめたユリアーナを微笑ましく思いながら、クレアはユリアーナの髪にブラシを通した。


髪を結ってもらい、着替えると、ユリアーナはダイニングに向かった。

部屋に入ると、そこには黒髪の女性が席に着いていて、何か書き物をしているようだった。

「おはようございます、お母様」

ユリアーナが声をかけると、女性は顔を上げて、笑みを浮かべた。

「おはよう、ユリア」

黒髪にユリアーナと同じ色の目をしている彼女は、リサ・クロカワ・クロード。ユリアーナの母親だ。

ユリアーナはいつも食事をしている場所に向かう。リサの正面がユリアーナの席だ。

席に着くと、リサが書いていた物が目に入る。

どうやらレシピらしい。

ユリアーナの母であるリサは、とても忙しい。

まず、カフェ・おむすびという、この国で一番おいしいお店を経営している。二店舗あるその店のうち、本店の店長をしているのが父親であるジークだ。

そして、学院の料理科の監修もしている。どうやって料理人を育てていくかを考えているらしい。

さらに、ユリアーナの祖母・アナスタシアの兄が会長をしているアシュリー商会ともいろいろな商品開発をしているようだ。

その上、料理科を卒業した人たちの相談に乗ったり、はたまた自国、他国の偉い人とのやりとりなんかもしてるという。

それでもちゃんと家族の時間を大切にしているからか、ユリアーナは寂しいと思ったことはない。

祖父祖母も隣に住んでいるし、クレアたち使用人もいる。それに、カフェ・おむすびで働いている人たちや、街の人もとても親切にして可愛がってくれている。

それに、精霊もいる。

ユリアーナは生まれつき、精霊が見えるし、意思疎通もできる。はじめはみんながそうだと思っていたが、どうやら珍しいことらしい。

ただ、クロード家では、祖父のギルフォードと母のリサは、精霊と意思疎通ができて、契約した精霊がいる。

ユリアーナも三歳の時に契約をした精霊がいる。

今もすぐ近くでふわふわと浮いている精霊に目を向けると、それに気付いたのかこちらに向かってくる。

クリーム色の髪にそれより少し濃い色の服を着た精霊の名は、タルト。光を司《つかさど》る精霊だ。

ユリアーナが小さい頃からずっとそばにいる、相棒みたいな存在だ。

それに、リサの精霊のバジルもいる。

バジルはユリアーナが生まれる前からずっと見守ってくれていて、バジルが言うには「お姉さんですから！」だそうだ。

精霊は小さいので、ユリアーナはあまりお姉さんとは思っていないが……

両親だけじゃなく、ユリアーナの周りにはたくさんの人や精霊たちがいるのだ。

「ユリア、朝食食べたらカフェに行くんでしょ？」

「うん！　お母様、朝食は？」

「ジークと一緒に食べたよ。……あ、でもフルーツだけ食べようかな」

リサがそう言うと、メイドがすかさず動き出す。

すぐにユリアーナの前に朝食が準備された。

ふわふわのパンに、黄色いオムレツ。カリカリのベーコンに瑞々《みずみず》しいサラダと野菜のスープ。

それぞれがおいしそうな香りを放つそれらを前にして、ユリアーナのお腹がきゅうっと鳴った。

食前のお祈りをして、ユリアーナはカトラリーを手に取る。

「いただきます！」

一口に分けたオムレツを口に運ぶとバターの香りが口いっぱいに広がり、ふわふわの卵が舌の上で踊る。

「おいしい！」

ユリアーナが言うと、リサは嬉しそうな顔をする。

父親や周りが言うには、こんなに食事がおいしくなったのはリサのおかげらしい。リサがいろいろと新しい料理を考えておいしくしてくれたそうだ。

その前は、パンはカチコチだったらしいし、オムレツもこんなにふわふわじゃなかった。スープは塩味の汁だったらしく、甘くておいしいケーキやお菓子はそもそも存在しなかったという。

あまり想像できないが、こんなにおいしい料理を食べられないのは嫌だなとユリアーナは思う。

そんなことを考えながら、ユリアーナはもぐもぐと朝食を食べ進めた。

「ごちそうさまでした」

食べ終えたユリアーナは手を合わせる。それを、リサはにこにこして見つめた。

リサも少しだけフルーツを食べ、そちらはすでに片付けられていた。

「じゃあ、ご飯も食べたし、準備して出かけようか」

「うん！」

リサの言葉にユリアーナは、ぱあっと顔を明るくさせて頷く。ユリアーナにはまだ高い食堂の椅子からぴょんと下りると、リサを急《せ》かすようにして部屋を出た。

馬車に揺られてカフェに向かう。

ユリアーナは窓にしがみつくようにして、車窓から見える風景をわくわくした様子で見ている。

「ユリア、ちゃんと座らないと危ないよ」

「はーい」

リサに注意されてユリアーナはほんの少しだけ身を引く。しかし、たいして体勢は変わっていない。

その時、馬車が段差に乗り上げたのか、ぐらりと揺れる。

「わっ！」

浅くしか座っていなかったユリアーナは、体勢を崩す。

それを見越していたのか、リサが体を支えるように手を伸ばした。

「ほら、危ないからちゃんと座って」

「はぁい」

リサに注意されたそばから落ちそうになって、ユリアーナは肩を竦《すく》めて返事をする。

深く腰掛けて、見える範囲の窓外の景色を楽しむことにした。

馬車はあっという間に目的地に到着した。

リサが先に降りて、そのあとでユリアーナを馬車から降ろしてくれる。

やってきたのはカフェ・おむすび。

フェリフォミア王国の王都、道具街にある小さなお店だ。

いつもは賑《にぎ》わっているこのお店も今日はしんとしている。ドアに下がっている閉店中の看板のためだろう。

今日、カフェ・おむすびは定休日。

しかし、カフェの従業員はミーティングと試食会をするため、集まっているのである。

そこにユリアーナも連れてきてもらったのだ。

リサと一緒に店の中に入る。

「お疲れ様～」

「さま～！」

リサの言葉尻をまねてユリアーナが言う。

入ってすぐのカウンターには女性が二人いた。彼女たちは、カフェ・おむすびの接客担当であるオリヴィアとデリアだ。

「お疲れ様です。いらっしゃい、ユリアーナちゃん」

「お疲れ様です。こんにちは、ユリアーナちゃん」

オリヴィアとデリアが、それぞれリサとユリアーナに応えてくれる。

ユリアーナは「こんにちは！」と元気に返した。

ユリアーナはオリヴィアとデリアに、とても可愛がってもらっている。特に二人の子供たちがユリアーナのことを可愛がってくれていた。

オリヴィアの息子・ヴェルノとデリアの娘・ロレーナだ。

ヴェルノは、学院の騎士科に在籍していてあと少しで卒業する。

ロレーナはユリアーナの祖母・アナスタシアがデザイナーを務めるシリルメリーでお針子見習いをしている。

もうすぐ成人する二人なので、最近は忙しそうだが、以前はよく遊んでくれたのだ。

今日は休息日ではないため、二人ともカフェには来られないようだ。

残念だけど仕方ない。

と、その時。カウンターの奥から人が出てきた。

「来たのか、リサ、ユリアーナ」

「パパ！」

ユリアーナと同じ銀色の髪に青い目をしたその人は、ユリアーナの父であるジークだ。

ユリアーナはジークに駆け寄り抱きつくと、ジークはその勢いのままユリアーナを抱き上げてくれる。

「おはよう、ユリア」

「おはようございます、パパ……じゃなかったお父様！」

最近、両親の呼び方をパパママからお父様お母様に変えたのだけど、気を抜くとつい
パパママと呼んでしまうのだ。

もうすぐ六歳になるということもあり、以前より抱き上げられることは少なくなった
が、元騎士だった父親の安定感はすごいなとユリアーナは思う。

それでももうそんなに子供ではないので、すぐに下ろしてもらった。

自分の足で立ってから、ユリアーナは店内を見回した。

「あれ？　今日は試食会じゃないの？」

試食会は、他のお店の従業員も集まってカフェ・おむすび本店で行う。

しかし、今は本店のメンバーしかいないように見えた。

「あ！　そういえば他のお店の子たちに言うの忘れてた！」

リサがハッとした顔で言う。どうやらリサは試食会のことを伝え忘れていたらしい。

「えー！　お母様、うっかりさん！」

ユリアーナがリサの失敗を優しく指摘すると、リサは肩を竦《すく》める。

「ユリア、どうしよう。他のお店の人にも知らせないと試食会ができないよ……。でも私たちは準備をしなきゃダメだし……」

　困ったなぁという表情でリサはユリアーナに言う。

　そこでユリアーナはあることを思いつく。

「私が呼びに行ってあげる！」

「え！　本当!?　ユリア、一人で行ける？」

「うん！」

　他のお店にはリサやジークと何度も行ったことがある。道順もしっかり覚えている。

「じゃあ、ユリアに頼んでいいか？」

　ジークにもお願いされて、ユリアーナは胸に大きな使命感を抱く。

「任せて！」

　こうしてユリアーナは一人でお使いに行くことになった。

「何かあった時のためのお金と、もし迷ってしまった時に道を聞くための地図がこの中に入ってるからね」

　そう言ってリサが持たせてくれたのは小さなポシェットだ。

「わかった！」

ユリアーナはそれを斜めがけにすると、しっかりと頷いた。

「困ったことがあったら、タルトに助けてもらうのよ。くれぐれも野良の精霊と怪しい人には気を付けること」

「うん！」

リサの言葉に元気よく返事をする。

「転ばないように気を付けるんだぞ」

「うん！」

ジークに頭を撫でられながら言われ、それにもしっかりと応える。

「いってきます！」

カフェの前で両親に見送られながら、ユリアーナは出発した。


はじめに向かうのは、ルトヴィアスとアメリアのところだ。

ルトヴィアスは、元はカフェ・本店で働いていたが、昨年独立した。そして、アシュリー商会で働いていたアメリアと一緒にお店を作ったのだ。

彼らのお店はカフェとは少し形態が違っている。販売しているのはお菓子のみ。店内は飲食するスペースはなく、持ち帰りだけのお店だ。

けれど、お菓子の種類がとても多く、そしておしゃれで可愛い。

メインはケーキなどの生菓子だけど、焼き菓子やキャンディ、マシュマロなどのちょっとした贈り物に最適なお菓子も並んでいる。

さらにはアシュリー商会と共同で作っている最新のお菓子なども置いていて、開店からまだ一年経っていないにもかかわらず、今王都で話題のお店なのだ。

お店は道具街から王都の中央通りに向かって進んだところにある。

さっきカフェに来るときに、馬車で通った道を戻るルートだ。

しっかり前だけを向いて進むユリアーナ。その横を精霊のタルトがふわりと飛びながらついていく。

子供の足なので歩幅は小さいが、ユリアーナは弾むような足取りで歩いていく。

やがて中央広場が見えてきた。

中央広場はその名の通り王都の中央にある。そこからいくつもの通りに繋がっているのだ。中央広場のさらに向こうには王城が見える。

祖父のギルフォードは王宮魔術師なので、今日もそこで働いているはずだ。

中央広場には露店がいくつか出ているし、散歩している人や絵を描いている人、友人同士でおしゃべりしている人などがいて賑《にぎ》やかだ。

春先でまだお花は少ないが、花壇の小さい花は蕾をつけていた。

つい視線がいろんなところを向いてしまうが、ユリアーナはいけないと首を振る。

「ルトくんとアメリアちゃんのところに急がなきゃ！」

ユリアーナは斜めがけにしたポシェットの紐《ひも》を胸の前でぎゅっと握り、目的地に急ぐ。

中央広場を横切って、二人のお店がある通りに行こうと思ったその時、タルトが進行方向ではないところを見て「あっ！」と声を上げた。

「タルト？」

どうしたのかと顔を上げると、タルトがどこかに飛んでいってしまう。

「え!?　どこ行くの!?」

慌ててタルトを追いかける。

すると、タルトが向かった先に、見覚えのある姿を見つけた。

「バジルちゃん？」

ぎくっとした様子で振り向いたのは、ユリアーナの母・リサと契約している精霊・バジルだった。

緑色の髪と服を着た精霊で、タルトより少し大きい。

リサが言うには、バジルとはユリアーナが生まれる前、お腹にいる頃から意思疎通をしていたらしい。

ユリアーナはうっすらとしか覚えていないけれど、物心ついた時からバジルとは仲良しだ。

「み、見つかっちゃいました……」

「見つかる？」

かくれんぼでもしてたのかな？　とユリアーナは首を傾げる。

「え、えっと！　ぐ、偶然ですね！　ユリアちゃんはどこかに行くんですか？」

「うん！　今、お母様に頼まれごと中なの！」

「そ、そうなんですか」

どこか歯切れの悪い返答のバジルを不思議に思いつつ、ユリアは続ける。

「バジルちゃんは？　遊びに行ってたの？」

「バ、バジルは、その……あっ、暇していたのでふらふらっとしてたのです！　なので

ユリアちゃんについていってもいいですか？」

「うん、いいよ！」

任務のお供が増えるのは心強い。ユリアーナはメンバーにバジルを加えた。

そうして、ユリアーナとタルトとバジルという、子供一人に精霊二体という変わった組み合わせで彼女たちは足を進めた。

広場を抜け、道具街よりも大きな通りに入る。

道幅が狭い道具街とは違い、馬車や王都内を走っている駅馬車もビュンビュン通っていくので、しっかりと道の端の方を歩く。

服や靴、帽子、鞄などを揃《そろ》える服飾店から、ペンや紙、インクなどを売る文具店、さらに石鹸《せっけん》やシャンプー、化粧道具などの化粧品店等々のお店が並ぶ。

その中でも、ひときわ目を引くおしゃれなお店が見えてきた。

まるで宝石箱のようにカラフルで、でも下品ではないセンスのいい外観。

ウインドウには、新作お菓子のチラシが貼ってあり、可愛い女の子がお菓子を口に寄せてポーズを取っている。

まるで洋服の広告のような写真だ。

今日は閉まっているけど、普段なら女の子たちの列がいくつもできる人気店。

そう、ここがルトヴィアスとアメリアのお店だ。

しんとしているお店に少し不安になるけれど、ユリアーナは意を決してドアをノックする。

不安からか、はじめは音が出るか出ないかの強さでしか叩けなかったが、そのあとはちゃんとノックする。

「はーい」

中から女の人の声が聞こえてくる。

ガチャッとドアが開くと、オレンジ色の髪の女性が顔を出した。

「ユリアーナちゃん、いらっしゃい」

「アメリアちゃん！」

いつも元気でニコニコしているアメリアの顔を見て、ユリアーナはホッとする。

どうやら知らず知らずのうちに緊張していたらしい。

「一人で来たの？」

「うん！　ママ……お母様からお願いされて、ルトくんとアメリアちゃんを呼びに来たの」

「そうだったの、一人ですごいじゃん！　偉いねぇ」

ポンポンと頭を撫でられながら褒められて、ユリアーナは「えへへ」と頬を緩ませる。

「ルト〜！　ユリアーナちゃんが来たよ〜」

アメリアは店の奥に向かって、叫ぶ。

すると、奥から男性が出てきた。

アメリアより頭一つ分背が高い水色の髪の男性は、ルトヴィアスだ。

「ユリアーナちゃんと、タルトとバジル？」

ルトヴィアスはユリアーナの姿を見てから、そのすぐそばにいる精霊たちに視線を向けた。ルトヴィアスも精霊が見えるし、精霊と契約している。

ルトヴィアスの背中から、水色の精霊が顔を出した。

「ルトくんとシャーノアだ！」

精霊のシャーノアも、ユリアーナが小さい頃からの顔なじみだ。

シャーノアはユリアーナに挨拶を返すと、精霊同士で話し始めた。何を話してるんだろうと気になるものの、ルトヴィアスが「一人でどうした？」と聞いてきたので、ハッとして彼らを見上げた。

「あのね、今日試食会の日だから、二人を呼んで来てって頼まれたの！」

「そうだったのか、呼びに来てくれてありがとうな」

ルトヴィアスも、ユリアーナの頭を撫でてお礼を言ってくれる。

それにユリアーナは、ちょっと得意げに笑った。

「呼んできてって言われたのは、私たちだけ？」

アメリアの問いに、ユリアーナはハッとする。

「ううん！　二号店の人たちも！」

「そっちはもう行ったのか？」

「まだこれからなの！」

ルトヴィアスの言葉に答えると、ユリアーナはこうしてはいられないと気合いを入れ直す。

「じゃあ、私は行くね！」

そう言うなり、ユリアーナはお店を飛び出した。

その後ろを慌てて精霊たちがついていく。

「あ、ちょっと！」

「……一緒に行こうと思ったのに、一人で行っちゃったな……」

アメリアとルトヴィアスはそう言って顔を見合わせる。

「大丈夫かなぁ……」

「計画とは違うけど、バジルもついてたし大丈夫だろ」

「……あれ？　バジルちゃんって、こっそり追いかける予定じゃなかった？」

「……たぶんバレたんだな……」

「なるほど……」

アメリアとルトヴィアスがそんな会話をしているとも知らず、ユリアーナはずんずん進んでいく。

「えっと、中央広場に戻って……」

今度向かうのはカフェ・おむすび二号店だ。二号店はまた違う通りにある。中央広場に戻らないで行ける道もあるが、ユリアーナはあまり通ったことがない。

なので、一度中央広場に戻って、わかる道を行こうと考えていた。

どうにか中央広場に戻ってくると、看板を確認して、目的の通りを探す。

「食料が描いてある看板だから……」

二号店があるのは食料品のお店が多く並ぶ場所なので、ユリアーナはその看板を探す。

「あれ？　ユリアーナちゃん？」

看板を探すのに夢中になっていたユリアーナに、声をかける人物がいた。

振り返ると、すらりと背の高い紺色の髪の男性が立っていた。

「ハウルくん！」

彼はハウル。先程会ったアメリアとルトヴィアスの友人で、王宮で料理人をしている。

「こんにちは。一人でどうしたの？」

「頼まれごと！　一人で大事なお仕事中なの！　ハウルくんは？　お仕事お休み？」

「僕はお休みだよ。買い物に行く途中なんだ」

「そうなんだ！　用事がなければ一緒に行くのになぁ……」

「ふふ、大事なお仕事だもんね」

「うん！　がんばらないとなの！　それじゃ！　ユリアーナ、もう行くね！」

ユリアーナはハウルに手を振ると小走りで駆け出す。ハウルとおしゃべりしたい気持ちは山々だが、それよりも早く頼まれたことを達成しなければという気持ちでいっぱいなのだ。

「――あ、待っ！　……行っちゃった」

静止の言葉も聞かずに行ってしまったユリアーナを、ハウルはそっと見送った。

食料品店が並ぶ通りを歩いていくユリアーナ。この通りばかりはユリアーナも目移りせずにはいられない。

食いしん坊のユリアーナは食べ物に目がない。普段からリサやジークが作る料理を見ているし、周りにいる料理人たちも、フェリフォミアでは抜きん出た腕前の人たちばかりだ。

生まれた時からおいしいものを食べているので、舌も他の子供より肥えていることだろう。
だからこそ食べるのが好きで、おいしいものも、新しいものも好きなのだ。
そんなユリアーナにとって、食料品店が並ぶ通りは楽しくて仕方ないのである。
「いい匂い！」
ふわりと漂ってきたのは、バターと小麦の焼ける香ばしい香り。
香りの先にあるのは、カフェ・おむすびでも使っているチェスターパン店だ。
この店は、王都でも有名なパン店で、王宮御用達《ごようたし》。
二号店の副店長であるヘレナの実家でもあった。
いい香りに誘われるように人の行列ができている。
「おいしそうな匂い……」
ユリアーナは焼きたてのパンを想像してしまう。
「食べたい……」
そこであることを思い出す。
ユリアーナが視線を向けたのは、リサが持たせてくれたポシェット。
その中には何かあった時のためのお金が入っている。
ユリアーナはごくりと唾を飲み込む。

――このお金でパンが買えるんじゃない……？
浮かんできた考えに、ユリアーナは悩む。
食べたいけど、果たしてこれはそのためのお金なんだろうか……？
いざという時のためだけど、自分の好きなものを買っていいものなの？
「どうしたの？　マスター？」
上から降ってきた声に、ユリアーナはパッと顔を上げた。
そこには、不思議そうな顔でこちらを見ているタルトとバジルがいた。
――あぶないあぶない！　寄り道するところだった！
ユリアーナは、精霊に向かって首を振る。
「なんでもない！　行こう！」
――焼きたてのパンはとても魅力的だけど、今回は我慢！
おいしそうな匂いから逃げるように、ユリアーナは駆け出した。
チェスターパン店を過ぎれば、二号店はすぐそこだ。
「着いたぁ……！」
ユリアーナは、店の前に仁王立ちになって呟《つぶや》いた。
本店とはまた違った雰囲気の三階建ての建物。そこがカフェ・おむすび二号店だ。

今日は試食会の予定だったので、二号店もお休み。

ドアの看板も、本店と一緒で閉店中になっていた。

小走りで乱れた息をふうっと吐いて整える。そして、ドアをノックする。

「はいはーい！」

声と共にドアが開いた。出てきたのはオレンジのショートカットの女性だ。

「ヘレナちゃん……！」

ユリアーナは彼女の顔を見て、とても安堵した。アメリアのお店に着いた時にもホッとしたけれど、今はそれを上回る。

なぜだかわからないけれど、目が潤《うる》んでくる。

「あらあらどうしたの？」

「わかんないけど……」

ユリアーナは自分の感情がよくわからなくて、半泣きでヘレナを見上げる。

「お店の中においで、喉《のど》渇いてない？」

「渇いた……」

「じゃあ、何か飲もっか」

「うん」

優しくヘレナに言われ、ユリアーナは店の中に入った。

店内には二号店のメンバーが揃《そろ》っていた。

「ユリアーナちゃん、一人で来たの？」

「すごいね、お疲れ様！」

「何か飲む？　ジュースがいい？」

鶯色《うぐいすいろ》のくせ毛の髪の男性は、店長のアラン。一番年上の男性は、料理人のマーヴィン。髪を編み込みにして結い上げている女性は、テレーゼだ。

みんなに優しく言われて、ユリアーナの目からぽろっと涙がこぼれた。

それにアランとマーヴィンはぎょっとしたが、テレーゼは「あらあら」と紙ナプキンを取ってきてくれる。

「よく頑張ったね。一人ですごかったね」

「……うんっ！」

ヘレナに抱っこされて、頭をよしよしと撫でられる。ユリアーナは甘えるようにヘレナに抱きついた。

一通り泣いて、涙と鼻水を拭《ぬぐ》ったユリアーナは、ぐずぐずの顔で出されたジュースを飲む。それでようやく気持ちが落ち着いてきた。

「それで、ユリアーナちゃんは何か頼まれたことでもあったの？」

アランの言葉にユリアーナはハッとする。

「そうだった！　あのね、今日試食会だからみんなを呼びに来たの！」

肝心の目的をすっかり忘れていた。

「呼びに来てくれてありがとうね」

「じゃあ、ジュース飲み終わったら一緒に行こうか」

「うん」

テレーゼとヘレナに頷くと、ユリアーナはゴクゴクとジュースを飲み干した。


ユリアーナは、二号店のメンバーと一緒に本店へ向かう。

一人だと心細かった行きの道程も、帰りはみんながいたのであっという間だった。

カフェ・おむすび本店が近づいてくると、お店の前に人がいるのが見えた。

黒髪と銀色の髪の二人は、ユリアーナの両親であるリサとジークだ。

「ママ！　パパ！」

「ユリアー！」

ユリアーナが駆け寄ると、二人は手を広げて待っていた。

直前で足がもつれたけど、そのままぎゅっと受け止めてくれる。

「お帰り、ユリア」

「ただいまぁ……！」

「ちゃんとお使いしてくれてありがとうな」

「うん……！」

リサとジークの言葉になぜか涙が出てくる。

わくわくしたし、楽しかったけど、でも不安だった。

精霊のタルトとバジルがいたとはいえ、リサやジークと離れて行動をするのがこんなにも心細いということを、初めて知った。

「頑張った、頑張ったね。すごいね」

リサが涙まじりの声で抱きしめたユリアーナの後頭部を撫でる。

でも、やりきった達成感とすがすがしさが、ユリアーナの中に生まれていた。

しばらくリサとジークに抱きしめられてから、ユリアーナは袖《そで》で両目を拭《ぬぐ》った。

そして、キリッとした顔をすると、口を開いた。

「ちゃんとできるから、これでもうお姉ちゃんになっても大丈夫！」

ユリアーナの言葉に、リサとジークは驚いた顔をする。

次いでリサはお腹を押さえた。

「……もしかしてユリア、気付いたの？」

「うん、精霊が教えてくれた」

ユリアーナは、少し前からリサの様子がいつもと違うことに気付いていた。そして、その理由は、精霊が教えてくれたのだ。

リサのお腹の中には赤ちゃんがいるんだよ、と。

「せっかく今日のパーティーで発表しようと思ってたのに」

「パーティー？」

ユリアーナはリサの言葉に首を傾げる。

「今日は、試食会じゃなくて、少し早いけどユリアの誕生日パーティーをしようと思っていたんだ。ユリアが出かけている間に準備したんだよ」

ジークが教えてくれる。

「やったぁ！」

まさか誕生日パーティーを今日してもらえるだなんて思ってもいなかったユリアーナは、飛び上がって喜んだ。

大変な一日だったけど、こんなご褒美が待っていただなんて！

「ケーキある!?」

「ジークが大きいの作ってくれたよ」

「わーい！」

リサの言葉に喜びながら、カフェの店内に入る。

中ではカフェのメンバーに加えて、ユリアーナが呼びに行ったアメリア、ルトヴィアス、そして途中で出会ったハウルもいる。

ヴェルノとロレーナもいるし、オリヴィアの旦那さんのキースもいる。

さらに、ヘレナとアランの子供や、キースとオリヴィアの子供もいて、とても賑《にぎ》やかになっていた。

ユリアーナは入るなり、口々におめでとうとお祝いの言葉をかけられる。

それにユリアーナは照れたように笑った。

大好評
発売中!!
RC
Regina
COMICS
異世界でカフェを開店しました。
1~9
原作
甘沢林檎
Ringo Amasawa
漫画
野口芽衣
Mei Noguchi
アルファポリスWebサイトにて
好評連載中!
異世界でカフェを
開店しました。9
甘沢林檎
野口芽衣
バカンスでLet'sクッキング!
初めての旅行先で
海の家をオープン!?
異世界クッキングファンタジー
待望のコミカライズ!
突然、ごはんのマズ～い異世界にトリップしてしまった理沙。もう耐えられない! と食文化を発展させるべく、カフェを開店。噂はたちまち広まり、カフェは大評判に。精霊のバジルちゃんや素敵な人達に囲まれて異世界ライフを満喫します!
B6判・各定価:748円(10%税込)
(電子含む)
シリーズ累計116万部突破!
アルファポリス 漫画
検索

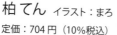

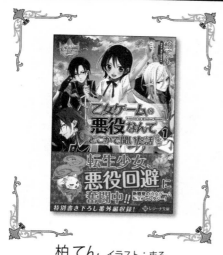

アルファポリス
Webサイトにて
好評連載中！
RC
Regina
COMICS
原作 園宮りおん
漫画 上原 誠
元獣医の令嬢は
婚約破棄されましたが、
もふもふたちに
大人気です！
1
元獣医の動物オタク転生ファンタジー
待望のコミカライズ！
公爵令嬢・ルナに転生した獣医の詩織《しおり》。王太子と結婚するはずが、ある日突然、婚約破棄・国外追放されてしまう！　だけど見たこともない動物のいる世界で彼らに会うことをずっと夢見ていたルナは、もふもふに出会う旅に出られるとウキウキ！　そして訪れた獣人の国で、動物を犠牲に私腹を肥やす悪党がいることを知ったルナ。「もふもふを傷つける奴は許さない！」とチートスキルをフル活用して事件解決に動き出し――？
国外追放？喜んで！
世界中のもふもふと
戯れてきます♪
大好評発売中！
＊B6判　＊定価：748円（10%税込）　＊ISBN978-4-434-28677-3
アルファポリス 漫画　検索

本書は、2019年8月当社より単行本として刊行されたものに書き下ろしを加えて文庫化したものです。


この作品に対する皆様のご意見・ご感想をお待ちしております。

おハガキ・お手紙は以下の宛先にお送りください。

【宛先】

〒150-6008 東京都渋谷区恵比寿4-20-3 恵比寿ｶﾞｰﾃﾞﾝﾌﾟﾚｲｽﾀﾜｰ 8F
(株) アルファポリス　書籍感想係

メールフォームでのご意見・ご感想は右のＱＲコードから、
あるいは以下のワードで検索をかけてください。

アルファポリス　書籍の感想　検索

ご感想はこちらから

レジーナ文庫

異世界《いせかい》でカフェを開店《かいてん》しました。13

甘沢林檎《あまさわりんご》

2021年4月20日初版発行

文庫編集－斧木悠子・篠木歩
編集長－塙綾子
発行者－梶本雄介
発行所－株式会社アルファポリス
〒150-6008 東京都渋谷区恵比寿4-20-3 恵比寿ｶﾞｰﾃﾞﾝﾌﾟﾚｲｽﾀﾜｰ8階
TEL 03-6277-1601（営業）　03-6277-1602（編集）
URL https://www.alphapolis.co.jp/
発売元－株式会社星雲社（共同出版社・流通責任出版社）
〒112-0005 東京都文京区水道1-3-30
TEL 03-3868-3275
装丁・本文イラスト－⑪（トイチ）
装丁デザイン－ansyyqdesign
印刷－中央精版印刷株式会社

価格はカバーに表示されてあります。

落丁乱丁の場合はアルファポリスまでご連絡ください。

送料は小社負担でお取り替えします。


ISBN978-4-434-28768-8 C0193